L’ÉCRIVAIN

Yannick Jan

L'ÉCRIVAIN

Éditions
Pacifique Sud

©Éditeur : O ÉDITIONS, Pacifique Sud, 2016
Dépôt légal : Décembre 2024
Maquette et Conception graphique : Ylang Ylang Communication
Photo de couverture : Peinture de Stéphane Foucaud, « Malakas et Maganda »

ISBN : 979-10-96986-1-32

Impression : Libri Plureos GmbH, Friedensallee 273,
22763 Hamburg (Allemagne)

À mes ancêtres,

À mes grands-parents,

À mes parents,

À Charles,

« Rappelle-toi, ô homme, tout ce qui existe

est simplement une autre forme

de ce qui n'existe pas. […]

La plus grande illusion est de croire

qu'il n'y a pas d'illusions. »

Hermès TRISMÉGISTE

Paris, le 14 août 2015,

Les doigts légèrement crispés, j'attendais avec impatience le départ de cette course effrénée. J'étais là, assis, cherchant du regard le déclic créatif. Au fond, près de la fenêtre, un foulard rouge était délicatement posé sur le portemanteau, je le fixai du regard, hypnotisé. Mes yeux se plissèrent doucement, sans hésiter je fis le premier pas.

Je marchais le long du trottoir sale de la rue des Volontaires, dans le XVe arrondissement, mon costume gris élimé sentait la froideur de la cigarette et l'alcool en décomposition. La nuit avait été longue et ma mémoire peinait à revenir sous les relents des whiskies-glace que j'absorbais depuis des jours. En passant devant la boulangerie, je vis le reflet de mon visage fatigué par les abus de ces dernières années. Mes yeux verts ne brillaient plus, mes cheveux bruns étaient sales, des cernes arrondissaient mes yeux bouffis par les excès. J'avais lâché toute fierté et je me complaisais dans cette douce descente. Cette longue soirée avait brisé mes dernières forces, un abandon de plus que j'acceptai sans broncher, la tête basse, le dos légèrement arrondi.

Paris s'éveillait au bruit des klaxons, les premiers rayons du soleil peinaient à traverser la masse nuageuse malgré un mois d'août chaud et ensoleillé. La pollution noircissait ce beau ciel bleu. Je cherchai désespérément une pièce dans ma poche pour remplir mon ventre affamé, attiré par les chocolatines. Mon téléphone vibra, c'était Irène qui m'appelait, j'en étais à son huitième appel manqué, son quatrième message, sans réponse de ma part. J'appuyai un long moment pour éteindre ce maudit téléphone, le cœur n'y était plus, et seuls la rage, le dégoût et la honte animaient mon esprit dans cette marche solitaire. Je ressassais ces moments où tout avait basculé à l'image d'une série de dominos s'écroulant au fur et à mesure à la vitesse d'une pensée. Le dernier s'était écrasé avant la fermeture du Crystal, une boîte de nuit glauque du quartier de Pigalle où régnaient les passes faciles et les tord-boyaux.

Tout en continuant inlassablement dans une direction qui me rappelait mon enfance, mes yeux se fermaient par intermittence, rythmée par de longs soupirs désespérés. Je tournai à gauche pour arriver dans un square, encore vide d'enfants, rue Blomet. Son entrée donnait sur un parc joliment arboré de châtaigniers, de belles fleurs et d'arbustes de toutes sortes. Au fond, à gauche, se trouvaient un toboggan et un bac à sable fermé par une barrière. Au centre, une grande statue en fer, un oiseau lunaire façonné par un sculpteur, debout sur ces deux pattes arrière, veillait en toute sagesse sur cet espace convivial et familial.

J'avais passé là mes dix premières années, un sourire illumina enfin mon visage sombre. Je me dirigeai vers la droite, vers un lieu plus engazonné, et m'assis sur un banc perlé par la rosée du matin, loin des futurs cris des enfants qui ne tarderaient pas à briser ce silence. Ma vision était floue, mes pensées virevoltaient au gré des images sortant de mon imaginaire. Je ne m'arrêtais sur rien, laissant ce film décousu défiler sur ma toile invisible. À presque quarante ans, la vie avait épuisé une bonne partie de mes rêves, de mes espoirs, de mes amours. Même ma fille, Élodie, âgée de sept ans, n'avait pu me retenir pour en imaginer d'autres, je l'avais abandonnée il y avait déjà trois ans. Face à ce square vide, personne ne répondait à ma douleur, l'écho de ma propre terreur aiguisait un peu plus ma folie, j'étais seul.

J'avais passé là mes dix premières années, un sourire illumina enfin mon visage sombre. Je me dirigeai vers la droite, vers un lieu plus engazonné, et m'assis sur un banc perlé par la rosée du matin, loin des futurs cris des enfants qui ne tarderaient pas à briser ce silence. Ma vision était floue, mes pensées virevoltaient au gré des images sortant de mon imaginaire. Je ne m'arrêtais sur rien, laissant ce film décousu défiler sur ma toile invisible. À presque quarante ans, la vie avait épuisé une bonne partie de mes rêves, de mes espoirs, de mes amours. Même ma fille, Élodie, âgée de sept ans, n'avait pu me retenir pour en imaginer d'autres, je l'avais abandonnée il y avait déjà trois ans. Face à ce square vide, personne ne répondait à ma douleur, l'écho de ma propre terreur aiguisait un peu plus ma folie, j'étais seul.

J'avais dû m'assoupir quelques minutes dans ce parc désert où tout était calme, serein et sans un bruit. Je me sentais plus léger, je me laissais porter par le vent, sans contrainte, libre de tout mouvement, c'était une nouvelle liberté, une renaissance fulgurante, contre toute attente. Mais où étaient les enfants ? J'ouvris les yeux et regardai cet homme, assis sur ce banc, à la respiration lente et saccadée. Son mégot de cigarette éteint entre ses doigts jaunis pendait le long de son bras figé dans le temps. Ses vêtements étaient sales et ses jambes, légèrement écartées, laissaient apparaître une tâche d'urine sur son pantalon. Il paraissait si vieux que mon esprit mit quelques secondes à réaliser que c'était mon propre corps, que je regardais avec dégoût et consternation. Je fus pris d'une panique subite. J'essayai de me rapprocher de ce corps hideux, mais une barrière invisible m'empêchait de revenir dans ce parc. Je hurlais de terreur et de refus, tout en marchandant avec moi-même de vieilles promesses recyclées auxquelles plus personne ne croyait.

Je priais de tout mon être, je voulais qu'on me laisse une autre chance, j'avais compris. J'appelais, je criais, personne ne me répondait dans cet espace contraint, le silence régnait en maître. Prisonnier de cet interstice au-dessus de mon corps, résigné, je regardais s'activer les pompiers sur mon cœur épuisé.

UNE RENCONTRE ÉTOILÉE

Dix ans auparavant.

Les flashs crépitaient et les questions des journalistes fusaient sur mon premier livre. Face à ce véritable succès, je n'avais pas été préparé à vendre plus d'un million d'exemplaires, avoir une traduction en trente-cinq langues et me voir sur Paris Match avec, en titre : « Auteur de l'année, Frédéric Revin, récompensé par le prix de l'excellence et le prix des lecteurs. » En six mois, ma vie avait radicalement changé et j'étais là, assis, avec mon smoking noir et mon nœud papillon un peu rétro, à présenter mes deux prix et répondre aux questions des journalistes. Mes doigts se tordaient nerveusement, mais je m'exprimais du mieux que je pouvais. Après une heure de torture, je sortis harassé de chez mon éditeur. En bas de l'immeuble, ayant à peine passé la porte d'entrée, ma main cherchait déjà dans ma veste mon paquet de Camel. J'allumai la cigarette avec soulagement. C'était ma récompense, ces conférences de presse me mettaient toujours très mal à l'aise.

Je levai le bras et un taxi s'arrêta pour m'emmener rapidement chez moi avec mes deux prix à la main.

— Quarante-cinq, rue Lecourbe, dis-je en regardant les yeux du chauffeur figés à son rétroviseur.

J'arrivai en moins de dix minutes en bas de mon immeuble et payai la course, y ajoutant dix euros. J'aurais préféré marcher, mais mon smoking me donnait chaud et je voulais rentrer rapidement pour retrouver Valérie, ma femme, qui m'attendait chez nous. La lourde porte en fer s'ouvrit, je passai une première cour intérieure et pris le deuxième immeuble, en montant deux par deux les marches des trois étages sans ascenseur, jusqu'à la porte d'entrée. Notre appartement, un trois pièces, n'était pas très grand, mais il était décoré chaleureusement avec des couleurs chatoyantes. C'était notre antre et on y vivait depuis cinq ans. On entrait par un long couloir, la petite cuisine se trouvait à gauche. Je continuai sans un regard malgré la bonne odeur d'un gâteau au chocolat qui avait cuit dans l'après-midi. Valérie était assise dans le canapé en cuir marron à lire un magazine. Ses longs cheveux blonds, ses yeux verts en forme d'amandes me faisaient craquer. Elle m'accueillit avec un grand sourire et m'attira à elle en attrapant mon nœud papillon pour m'embrasser. Sa fine robe blanche collait à son corps mince, alimentant mon imagination. Tout en continuant de l'embrasser, ma main glissa sur sa poitrine et je la caressai avec douceur tout en fermant les yeux pour savourer cet instant. Elle enleva mon nœud papillon tout en ôtant ma veste d'un geste brusque et déboutonna ma chemise pour sentir ma peau sous ses ongles rouges affûtés et délicieusement sensuels lorsqu'ils effleuraient mon corps. Mon autre main glissa sur sa nuque pour attraper ses longs cheveux blonds, je lui basculai la tête en arrière pour l'embrasser encore plus sauvagement le long de son cou.

À trente ans, nous étions heureux, ces moments de tendresse étaient notre petite cérémonie pour nous retrouver, j'aimais cela ! Il nous manquait juste un enfant, mais on y travaillait intensément depuis deux ans. Elle se leva rapidement pour aller dans la cuisine.

— Comment s'est passée ta séance photo chez Rolland ? demanda Valérie, la tête plongée dans le frigo à la recherche d'une sucrerie.

— Très bien, j'ai encore eu des questions alambiquées des journalistes, mais je pense que je m'en suis bien sorti. Enfin, Rolland m'a dit que je m'étais bien exprimé. Au fait, je suis invité au grand journal sur Canal +, j'en suis malade d'avance, répondis-je tout doucement.

— Hein ? dit-elle en sortant la tête du frigo avec un yaourt à la fraise à la main et un grand sourire sur les lèvres. C'est super, je t'accompagnerai, ne t'inquiète pas. On va te préparer, les animateurs sont sympas dans cette émission. Allez, détends-toi, dit-elle en soufflant.

— Ça me fait peur tous ces aspects médiatiques. J'ai toujours le sentiment d'être dans une arène entourée de lions affamés. J'ai peur de ne pas être à la hauteur, répondis-je, la tête basse.

— Mais non, ne sois pas si dur avec eux et avec toi surtout ! On est dans une société de consommation et ton livre est un vrai succès. Les gens veulent savoir qui tu es. Tout va bien, positive ! Arrête de broyer du noir constamment ! dit-elle en se rapprochant de moi tout en me tendant la cuillère pour que je goûte, avant de me la mettre sur le bout du nez au dernier moment.

Elle courut dans la salle de bain prendre une douche dans un fou rire prolongé. Je la rattrapai, le nez blanc, pour me glisser avec elle sous l'eau froide et rafraîchissante.

— Ce soir, on mange avec Christina et Benoît, j'ai réservé sur la rive droite sur la péniche appelée *L'Étoile*, ils nous rejoignent à dix-neuf heures, dis-je en me frottant activement le corps.

— Super, excellente idée ! J'aime quand tu prends des initiatives, mon chéri ! dit-elle en m'embrassant.

Avec mon mètre quatre-vingts, Valérie arrivait à mes épaules. Sa robe jaune et ses hauts talons attiraient les regards des passants, mais cela m'était égal. J'aimais que ma femme soit belle et désirable quand nous marchions dans la rue. Je n'étais pas jaloux et on fonctionnait sur la confiance. Elle était architecte dans une grande société parisienne et je savais qu'elle était entourée d'hommes voulant la séduire, mais je préférais ne pas y penser. La jalousie était un cancer pour les couples. Chacun se savait responsable et laissait à l'autre sa liberté individuelle. On marchait le long du quai à regarder les péniches passer inlassablement le long de la Seine, emmenant de longs flots de touristes toujours plus nombreux. On s'arrêtait et on prenait le temps simplement de se serrer et de regarder le temps passer. Nous avions le sentiment que nous étions seuls en ce monde dans notre béatitude présente. En été, les Parisiens se sentaient beaucoup plus détendus, l'esprit plus léger et plus avenant. Les terrasses provisoires installées sur les quais étaient bondées de monde qui prenait simplement un apéro ou dînait à ciel ouvert. Les discussions fusaient, rythmées par de courtes pauses, le temps d'avaler une gorgée de bière. Les rires s'amplifiaient dans cette ambiance estivale, apportant une gaieté au cœur. On arriva au bord de la péniche accolée au quai, un serveur de noir vêtu avec un tablier blanc accueillait les clients et vantait les plats proposés aux passants.

— Bonsoir, madame, monsieur, avez-vous réservé ? dit-il sur un ton grave tout en roulant les « r » avec un sourire de jeune premier, avec son physique mince et plus séduisant que le mien.

— Oui, au nom de Revin, pour quatre personnes, répondis-je sèchement pour couper court au regard prononcé qu'il jetait sur le décolleté de ma femme.

— Vos amis sont déjà arrivés. Suivez-moi ! dit-il, laissant passer Valérie tout en jetant un regard à son dos nu.

Les Italiens ont le sens de la formule et de la séduction, me dis-je tout en observant sa démarche et ses gestes qui allaient m'inspirer pour un de mes personnages dans l'histoire que j'écrivais actuellement. Depuis la sortie de mon roman, j'étais beaucoup plus attentif à mon environnement, à mon entourage, à mes amis ou aux lieux que je visitais, cela me servait de base dans mon écriture et des détails, parfois un mot, provoquaient un déclic pour un personnage, une scène, voire une nouvelle intrigue.

Après avoir serpenté autour de quelques tables où de jeunes amoureux parlaient avec engouement et passion, nous arrivâmes à notre table pour retrouver nos amis qui avaient commencé l'apéro. Je remerciai le serveur, sans lui donner de pourboire, et on s'embrassa tous. La soirée débuta joyeusement autour du verre de l'amitié.

Benoît avait une allure qui dénotait un manque d'exercice, mais il ne passait pas inaperçu. Ses cheveux noirs très courts et sa barbe drue de quelques jours entouraient un visage légèrement ovale. Un léger strabisme illuminait ses yeux marron sous une paire de lunettes acquises dès le plus jeune âge. Son doux visage d'ours brun sorti des montagnes et sa grosse voix cachaient en réalité une âme dévouée à sa famille et à ses amis. Je l'écoutais me raconter ses dernières péripéties tout en l'observant attentivement. On passait de très bons moments ensemble et on aimait se retrouver le week-end, surtout en été, pour profiter des terrasses parisiennes. Sa femme, Christina, était plus discrète, elle était mince et musclée, avait une épaisse chevelure châtain clair et des yeux marron qui brillaient de coquetterie et d'humour.

C'était un petit boute-en-train ambulant et sa fausse discrétion ne trompait que ceux qui ne la connaissaient pas. Christina aimait l'autodérision, les histoires drôles et la vie en général.

Après avoir allumé ma cigarette dans le coin réservé aux fumeurs avec mon saint-émilion de 1998, je vis le serveur apporter nos assiettes et me dépêchai de l'éteindre, la faim au ventre. Nos plats étaient succulents, tout particulièrement le magret de canard aux cèpes et ses pommes frites du Sud-Ouest dont j'étais très friand, et que j'avais commandé. Ma femme avait pris une excellente sole accompagnée d'un riz au jasmin, d'épinards en branche et d'une sauce au beurre qui donnait très envie aussi. Nos quatre plats étaient une réussite et le vin, du miel pour nos palais.

Les premiers coups de fourchette furent silencieux, mais la discussion reprit vite le dessus et anima nos échanges tout au long de cette superbe soirée. J'appréciais que nos amis n'aient pas changé de comportement depuis mon soudain succès, six mois auparavant. Ce n'était pas le cas de tous et je n'avais jamais eu autant d'invitations à déjeuner de personnes que je connaissais peu ou pas. C'était très surprenant, voire déroutant par moment, le nombre d'amis que je pouvais avoir grâce à mon livre !

— Je t'ai vu en photo sur *Paris Match*, tu es beau, fort et musclé, toutes mes collègues rêvent de toi toutes les nuits. Tu en as conscience, Frédéric ? me nargua Christina, le sourire aux lèvres.

— Oh, ça va, moqueuse ! Tu sais qu'ils me payent 10 000 euros pour poser ? lui répondis-je du tac au tac très sérieusement, même si c'était entièrement faux.

— Non, pas possible ! dit-elle, sidérée.

— Si, je t'assure, c'est à cause de mon physique d'Apollon, enfin c'est ce qu'ils m'ont dit, à *Paris Match*. Ils cherchent une Française lambda, un peu naïve avec air de cocker, pour poser avec moi. Ça te tente ? lui répondis-je en éclatant de rire.

— Pfff, t'es lourd, et en plus je t'ai cru pendant deux minutes, OK, un à zéro pour toi. Une vraie blonde, n'est-ce pas, Valérie ? rétorqua-t-elle avec un clin d'œil complice.

— Non, mais gardez vos duels de cours de récréation pour vous deux, je n'ai rien à voir avec vos blagues d'enfants. Tu n'es pas d'accord Benoît ? Nous, on est là pour relever le niveau intellectuel du groupe, dit-elle avec un grand sourire.

— C'est sûr, je confirme, surtout que ton mari, il se la pète sur les photos. Moi, je trouve qu'avec Photoshop, ils ont fait du bon boulot pour l'affiner et le rendre plus jeune et plus beau, affirma Benoît d'un rire gras.

— Sympa, Benoît, merci pour ta solidarité. Tu as vraiment un côté féminin développé, répondis-je sur le ton de la dérision pour cacher mon mal-être physique : j'avais honte devant mes propres amis.

En fait, je n'aimais pas mon corps et même ma femme l'ignorait.

— Mais non, tu es super sur ces photos, c'est pour te chambrer, tu es toujours aussi susceptible, toi, me coupa Benoît.

— Tu as raison et Valérie m'a fait les mêmes remarques, il faut que j'apprenne à me détendre. Je ne l'ai dit à personne, mais vous savez qu'un réalisateur a demandé à acheter les droits de mon livre. J'ai donné mon accord. Il va commencer l'année prochaine pour une sortie en 2007. C'est incroyable ce qui m'arrive cette année ! dis-je en levant mon verre, rassuré par leurs réponses.

— Ce n'est pas vrai ! Super, mon chéri ! me félicita Valérie, suivie de Benoît et Christina.

J'étais très heureux et on passait un moment très agréable entre nous. Je n'avais pas osé annoncer à Valérie que je devais m'absenter trois semaines aux États-Unis pour la promotion de mon livre. Je savais qu'elle ne pouvait pas venir, car elle présentait, à cette période, le plus gros appel d'offres de sa société à un groupe d'investisseurs japonais. Elle serait furieuse.

— Du coup, j'ai bien avancé mon deuxième roman,

le premier jet devrait être terminé dans les trois prochains mois. Ce sera un policier, mais je ne vous en dis pas plus, fis-je, tout heureux d'annoncer ça. Merci, mes amis, je voulais juste vous dire que je vous aime, leur dis-je en prononçant cette phrase avec émotion et tendresse, pétrifié de peur en prononçant ces mots.

— Mais nous aussi, on t'aime, tu veux nous demander quoi encore ? demanda Christina sur un ton sarcastique.

On rit tous de bon cœur et le repas continua tard dans la nuit pour se prolonger dans une boîte de salsa ou l'ambiance était chaude. Il faisait bon vivre ce mois d'août.

SAN FRANCISCO

Après plus de onze heures de vol, mon avion se posa sur l'aéroport international de San Francisco. C'était mon premier voyage aux États-Unis, le pays de la statue de la Liberté et des nombreux feuilletons qui berçaient ma jeunesse. Je vivais un rêve. Ma femme, Valérie, comme je l'avais prédit, était restée sur Paris pour négocier la phase finale d'un gros contrat avec des Japonais. De trois semaines, j'avais dû réduire à sept jours mon déplacement hors du cocon familial. Il fallait faire des concessions en couple, cela me convenait et je n'avais pas l'impression de faire des sacrifices. Le vol s'était bien passé, sans aucune turbulence. J'avais sympathisé avec ma voisine de droite pendant toute la deuxième partie du vol et nous avions bu quelques coupes de champagne, assis confortablement en classe affaires. Corinne était la femme de l'un des principaux avocats de Google dont le siège se trouvait à San Franscico. Elle y vivait par intermittence, devant souvent se rendre à Paris pour ses affaires et ses parents qui y habitaient. Nous avions échangé nos téléphones et nous nous étions séparés sur un grand sourire.

Mon agent américain, Ron Nolte, m'attendait à la sortie de l'aéroport. Heureusement, il s'exprimait parfaitement en français, j'avais mis ce critère de sélection pour son embauche, mon niveau d'anglais étant des plus basiques. Un immense Chevrolet noir nous attendait, le moteur tournant, et un chauffeur descendit pour m'ouvrir et ranger mes bagages. Mon séjour commençait de la meilleure façon possible, j'avais le sourire aux lèvres.

L'aéroport, à trente minutes du centre-ville, était desservi par de grosses autoroutes et un flot important de voitures se dirigeait vers l'entrée de la ville. J'étais captivé par tout ce que je voyais, regardant dans tous les sens pour profiter au maximum de la vue, mon cœur battant la chamade de pouvoir réaliser ce rêve d'enfant de venir ici. J'étais heureux !

— Je t'ai préparé un dossier de presse pour la rencontre de demain avec les journalistes, des notes sur le milieu culturel, l'esprit et la mentalité dans notre pays annonça mon agent. Les critiques sont plutôt bonnes pour un début de campagne et les personnes apprécient que tu sois venu à San Francisco, plutôt qu'à New York pour le Salon du livre. Il faut se faire connaître ici, crois-moi ! C'est une ville branchée et très connectée. Je te ferai rencontrer les dirigeants des principales boîtes de réseaux sociaux. Ils vont y pulser ta campagne américaine si tu arrives à les séduire, affirma Ron en clignant de l'œil.

On approchait de la ville et les contours des maisons commençaient à se dessiner avec de grandes façades colorées.

— Elles sont magnifiques, ces maisons, fis-je en changeant de sujet, toujours captivé par les paysages.

— Oui, on les surnomme les « *painted ladies* », c'est l'âme de San Francisco, elles sont inspirées du style victorien et représentent l'identité de notre ville, dit-il fièrement. On s'arrêtera dans la semaine à Alamo Square, c'est la rue carte postale avec une magnifique rangée de sept maisons, avec, en arrière-plan, les gratte-ciel du centre-ville. Un vrai contraste, ça vaut le coup d'œil, ajouta-t-il avec un grand sourire et en écarquillant les yeux pour se moquer de moi.

— Et le pont ? demandai-je tel un enfant impatient d'avoir une sucrerie.

— On dépose tes affaires et je t'emmène dîner dans un endroit d'où tu pourras voir le « Golden Gate Bridge », dit-il en exagérant son accent américain.

— Super programme, répondis-je en me frottant les mains.

— Oh, oui ! Et demain, boulot, affirma Ron.

— OK, oui, promis ! fis-je, impatient de découvrir San Francisco.

J'étais monté dans mon petit appartement, qui comprenait une grande chambre avec un lit *king size*, un salon et une petite cuisine. C'était luxueux, mais pas clinquant. Tout était pratique, la salle de bain avec sa baignoire à bulles, une grande douche à l'italienne. Le salon n'était pas grand, mais il y avait un bon canapé, un bureau, une table à manger et un énorme écran plat. C'était parfait et la connexion internet marchait très bien. Allongé sur mon énorme lit, j'essayai d'appeler Valérie, mais elle ne décrochait pas à l'autre bout. Rappelant plusieurs fois sans succès, je laissai finalement un SMS sur son téléphone pour qu'elle me rappelle dès qu'elle serait disponible. Mon réfrigérateur contenait une multitude de mini bouteilles alcoolisées. Je vidai trois Jack Daniel's dans un grand verre avec deux glaçons et bus mon verre tranquillement, le temps que ma baignoire se remplisse sous une épaisse mousse dégageant des senteurs de verveine.

Je me sentais bien et j'avais moins d'une petite heure de détente avant que Ron ne revienne me récupérer pour aller dîner au restaurant. J'avalai d'un coup sec mon verre et débouchai trois autres bouteilles pour siroter dans mon bain. La baignoire était top, il y avait des jets de partout et je me délassais sous la pression de l'eau, mon deuxième verre à la main. Je dus m'assoupir, car le téléphone sonna et me fit sortir de ma léthargie. C'était Ron qui m'attendait en bas. Je lui répondis que je descendais et m'habillai à toute vitesse. J'étais resté dans mon bain sans voir le temps passer, à me prélasser sans qu'une pensée n'envahisse mon esprit, c'était nouveau !

Je montai dans son énorme Chevrolet pour partir en direction du port. Les rues étaient de véritables montagnes russes, j'adorais cette ville. Elle était animée malgré le froid, les bars et les restaurants étaient bondés. Le « *happy hours* » battait son plein, les gens ici dînaient très tôt.

On nous déposa à côté du *pier* 39 pour que l'on puisse profiter de la fraîcheur de la nuit. Un crabe ornait l'entrée de la jetée où de multiples boutiques, bars et restaurants s'alignaient de chaque côté de l'allée centrale. On marcha lentement, s'arrêtant de temps en temps pour regarder les cartes et les menus proposés. En arrivant à la pointe, on pouvait apercevoir, au loin, une énorme et inquiétante masse sombre entourée d'eau avec de puissants courants, infranchissables à la nage : c'était l'île d'Alcatraz veillant sur la baie. On longea le port pour arriver devant une compagnie de phoques, installés confortablement sur des radeaux, regardant les nombreux touristes qui passaient devant eux. Je me demandais bien qui était le plus observé ! On continua le long du quai pour arriver au *pier* suivant. Je pouvais apercevoir sur le côté gauche, au fond, un petit bout du « Golden Gate Bridge », le fameux pont. De loin, il était impressionnant et Ron m'avait promis de passer le voir le lendemain. Des restaurants de fruits de mer étaient alignés et Ron entra dans l'un d'eux, en bon connaisseur, sans même jeter un œil sur la carte. Des étals, à l'entrée, proposaient toutes sortes de crustacés et de salades à emporter.

On commença par commander un bon chardonnay pour l'apéro, accompagné par un énorme plateau de fruits de mer comprenant des moules, des huîtres, des écrevisses, deux homards, deux énormes pinces de crabe et des crevettes à profusion avec quatre salades colorées et succulentes. Je me demandais bien comment on allait tout manger, mais mes doutes furent vite oubliés après mes trois premières bouchées. J'enchaînais les tartines de beurre avec les huîtres baveuses tout en pressant de gros citrons limes. Le vin blanc descendait tout seul avec ce merveilleux plateau et on commanda une deuxième bouteille pour pouvoir le finir. Une heure après avoir avalé ces excellents plats, on marcha le long du quai une petite demi-heure pour retrouver nos esprits et digérer ce bon repas. Il faisait cinq degrés, on fuma quelques cigarettes pour se réchauffer et pour annihiler l'alcool dans le sang.

Il me raccompagna à l'hôtel pour une bonne nuit de sommeil. Je fermai les yeux et m'endormis rapidement après avoir remercié le ciel pour toutes ces bonnes choses que je recevais depuis un an.

Au milieu de la nuit, mes rêves furent agités par des visites incongrues. Des êtres se rapprochaient de moi, leurs habits en lambeau, la peau se détachant du visage. J'étais seul, accolé à un arbre énorme, hurlant de peur en affrontant cette horde d'hommes errants qui répétaient mon prénom inlassablement.

Je me réveillai en sursaut – il était une heure trente-trois du matin –, le cœur battant, cherchant l'air et regardant tout autour de moi pour me repérer dans ce nouvel environnement. Je me levai rapidement du lit pour aller dans la petite cuisine et prendre une bouteille d'eau dans le réfrigérateur. Je la vidai d'un seul trait.

Je m'assis sur le canapé avec mon large caleçon blanc comme seul habit et regardai, l'œil fixe, l'écran noir de ma télé. Ce rêve, je l'avais déjà fait lorsque j'approchais de mes vingt ans et s'en était suivi une série de galères. Mon corps frissonnait encore sous les impulsions de ce cauchemar. Il mettait en exergue le regard des autres et mon incapacité à accepter ce que j'étais.

Pourquoi revenait-il maintenant alors que j'étais en pleine ascension professionnelle, heureux en amour avec Valérie, bien dans mon corps et dans mon être ?

J'étais très attentif aux rêves et aux signes, en tout cas, attaché aux symboles depuis mon plus jeune âge. Cela me donnait des repères et me rappelait certaines périodes de ma vie. Les signes revenaient régulièrement pour m'annoncer les bonnes routes à suivre. Le peu d'intuition et de confiance que j'avais développé m'avait plutôt porté chance. Après tout, qui n'avait pas échoué dans la vie ? Ceux qui le reconnaissaient ou pas ? Ceux qui l'acceptaient ou pas ? Je faisais partie des gens de la première catégorie avec dans l'esprit l'idée que l'échec était une forme d'apprentissage de la vie. Je ne gardais ni rancune ni rancœur des situations vécues. Seul le moment présent guidait mes pas, mes paroles et mes actes. Je reconnaissais que je pardonnais facilement, trop parfois. Mes amis à Paris et surtout mon agent, Rolland, disaient de moi que j'étais un naïf positif. Cela ne me faisait pas rire, avec ma fierté mal placée, mais j'aimais ce trait de ma personnalité qui me jouait des tours régulièrement.

Ces rêves n'arrivaient pas pour rien, ils faisaient partie intégrante de ma vie et j'y attachais une grande importance. On m'avertissait d'un danger proche. Je ne pouvais pas croire que ma vie allait basculer, c'était impossible ! Mais que n'avais-je pas compris ces derniers mois ? Je me sentais bien aujourd'hui, c'était un vrai paradoxe. Instinctivement, je notai la trame et la date du rêve sur mon cahier spécialement réservé et décidai de prendre du recul pour finir ma nuit. Les symboles des rêves étaient une de mes passions, je travaillais depuis des années à un projet d'écriture sur ce sujet. Je n'en voyais toujours pas le bout et mon agent était plutôt opposé à ce type de publication. J'avais reporté sans cesse la fin de ce livre, car je n'arrivais pas à me résoudre à le terminer. Je retournai dans le lit et finis de me convaincre de me rendormir malgré mon mental qui s'acharnait à tout faire pour attirer mon attention hors du sommeil.

Le lendemain matin, nous étions en route vers la maison de l'Alliance française de San Francisco, à l'origine de mon invitation, pour une présentation officielle. Un petit déjeuner en présence des journalistes et du gratin culturel avait été organisé pour découvrir, entre autres, mon premier livre, *Le Dernier Baiser*, un polar d'espionnage qui était un succès mondial, au vu des critiques américaines. J'allais partager ce moment avec quelques artistes en vogue en Europe et aux États-Unis qui présentaient des toiles, des peintures, des livres. Ron s'arrêta tout près d'une série de maisons victoriennes et gara son énorme Chevrolet noir dans l'allée. On marcha deux cents mètres avant de s'arrêter et d'entrer dans l'une d'elles aux couleurs pastel. Un petit écriteau annonçait « Alliance française de San Francisco » sur le parvis de la maison. Une vingtaine de personnes se trouvaient à l'intérieur, on me les présenta, mais j'oubliai rapidement les noms avant de m'asseoir à une table où plusieurs personnes étaient installées. La matinée se déroula de manière sympathique et informelle. Je passais de groupe en groupe. Certains étaient debout, d'autres accolés à des banquettes, c'était très différent de Paris où l'on faisait face à un parterre de personnes alignant question sur question. Très sympathiques, artistes internationaux, européens, jeunes talents américains et journalistes se côtoyaient dans toute la maison, certains présentant leurs œuvres, d'autres discutant de sujets d'actualité, d'autres encore répondant à quelques questions techniques. Après avoir échangé les adresses mails puis avoir posé pour quelques photos, nous repartîmes dans l'après- midi après avoir partagé un brunch de l'amitié. J'avais une autre présentation le lendemain dans des groupes qui faisaient du lobbying à travers les réseaux sociaux, c'était le début du développement numérique et d'internet. Cette rencontre allait être fondamentale pour percer aux États-Unis, d'après mon agent. Ron me briefa dans la voiture, tout en se baladant dans différents quartiers : Soma, Union Square, Chinatown, pour aller vers The Presidio.

On traversait la ville et sans rien me dire il me fit la surprise d'arriver au « Golden Gate Bridge ». Notre Chevrolet noir avança sans peur sur cet énorme pont, nous étions tels des pionniers partant à l'aventure chercher de l'or. Cela me rappelait tant de films que j'aimais jouer en imitant quelques répliques que moi seul pouvais comprendre. Le chauffeur s'arrêta sur la droite en sortant du pont. Il y avait un magnifique soleil d'hiver et une vue splendide sur la ville. La baie était impressionnante et les courants ondulaient, projetant de l'écume blanche sur la cime des vagues. C'était gigantesque, tout était contrasté entre cet énorme pont rouge et cette nature sauvage et dangereuse. On resta une bonne vingtaine de minutes à regarder ce paysage figé dans le temps sans qu'une parole ne soit prononcée. La température au fur et à mesure que la soirée arrivait descendit jusqu'à dix degrés à la nuit tombée. On repartit à l'hôtel tout en faisant un dernier point sur la journée du lendemain. J'avais quartier libre ce soir-là.

Après avoir pris une bonne douche et m'être reposé une heure, je partis me promener dans la ville à la recherche d'un pub pour manger un morceau et boire une pinte. Je marchais, le vent glacial me frigorifiait le corps, tout en remontant les blocs inlassablement, de Bush St, Pine St, California St, Clay St avant de tourner sur la droite à Washington St pour longer le quartier chinois qui se trouvait un peu plus haut. J'étais parti à l'intuition, sans aucune carte, et me laissais guider par ma petite voix. L'air était vivifiant, mais j'aimais cette ville où s'alignaient des immeubles modernes entrecoupés de maisons au style victorien. Je passais devant des pubs, des restaurants, des salons de massage, des hôtels vantant les meilleurs services et des boutiques clinquantes proposant les derniers articles à la mode. La population était très éclectique et plutôt jeune. À des coins de rue, on apercevait quelques déjantés qui avaient dû abuser de drogues dures, perchés haut dans leurs délires.

J'entrai dans un pub irlandais qui m'inspira pour commander une énorme pinte de bière blonde et le plus gros burger que je trouvai sur la carte, du moins sur la photo que présentait le menu. Je pris place au bout du bar avec une vue parfaite sur l'ensemble de la salle dans une ambiance sympathique et conviviale. La musique irlandaise faisait vibrer les personnes présentes et la plupart reprenaient les chansons en chœur, provoquant des émotions qui se propageaient sur tout le monde. J'avais les poils du dos qui se dressaient lorsqu'ils reprenaient ce refrain. Je ne connaissais pas cette musique, mais je l'adorais déjà. Je me faisais discret tout en dégustant mon burger, avalant bière sur bière. J'étais au States, il était vingt- trois heures et je levai mon verre au ciel avec un grand sourire.

Il fallait que je rentre pour être frais pour la présentation qui avait lieu à midi, mais je n'arrivais pas à me résoudre à quitter ce pub. De surcroît, deux jolies Hollandaises, grandes et blondes, en voyage, avaient entamé la discussion avec moi depuis une petite heure. Je baragouinais quelques mots d'anglais, de français, et faisais de nombreux gestes pour me faire comprendre. À deux heures du matin, je les raccompagnai à leur hôtel après avoir hélé un taxi qui passait devant nous. Cela ressemblait davantage à une auberge de jeunesse et je descendis avec elles pour les suivre dans leur chambre. La plus grande, Kristen m'appela depuis le grand lit, en faisant un signe évocateur du doigt. Elle m'embrassait avec fougue quand je sentis les mains de son amie me caresser la poitrine. Allongé avec elles, je les déshabillais pour qu'elles viennent se frotter contre moi alors que je glissais mes mains sur elles, tout en les regardant s'embrasser avec sensualité et envie partagée. La nuit se déroula avec bonheur. Il était huit heures du matin quand je rentrai à mon hôtel. Mon esprit naviguait dans un doux brouillard satisfait de ce moment qui n'avait été qu'un fantasme jusqu'à maintenant. Je fus réveillé en sursaut par de grands bruits. C'était Ron qui m'appelait depuis vingt minutes et qui tambourinait sur ma porte pour me réveiller. Il était onze heures trente du matin. Je lui ouvris la porte, il me regarda en disant : « Oh, shit de Frenchie », désespéré de me voir dans cet état avec une tête défoncée par l'alcool et par le manque de sommeil. Je puais à dix mètres !

— Prends-toi une douche, imbibe-toi de parfum et brosse-toi les dents, tu pues le fromage, Frenchie ! dit-il avec colère. Tu as cinq minutes ! ordonna Ron, tout en me préparant un cocktail explosif pour me réveiller en vidant une RedBull avec quatre aspirines dans un verre, secouant la tête de découragement.

Très en colère contre moi, Ron avait raison ! Heureusement, la douche et la double RedBull me réveillèrent rapidement. Je ne l'écoutais plus me parler pour m'engueuler, je repensais aux deux belles blondes hollandaises, partagé entre un sentiment de satisfaction et de culpabilité d'avoir trompé, pour la première fois, ma femme, Valérie.

On arriva dans une rue, The Embarcado, à côté d'Orkland Bay Bridge, pour un échange avec une dizaine de personnes spécialisées dans l'utilisation des réseaux sociaux qui nous attendaient au treizième étage de l'immeuble Google. On descendit de la voiture et on croisa Corinne, la femme qui m'avait tenu compagnie dans l'avion venue voir son mari. Je la présentai à mon agent et elle me demanda de l'appeler avant mon retour sur Paris. On la laissa sur le perron pour rapidement prendre l'ascenseur. Ces technologies, encore assez méconnues en France, prenaient de plus en plus d'ampleur en Amérique. Elles étaient très performantes, d'après mon agent, en termes de communication, pour toucher la communauté. Une page Facebook, un site internet, de multiples comptes dont je n'arrivais même pas à retenir les noms avaient été créés pour faire ma promotion. La consigne de Ron avait été claire. Je devais dire oui à tout, sourire, et être émerveillé par toutes les idées qu'on me proposait. Plusieurs agences de communication s'étaient proposées pour gérer mon interface avec des coûts de facturation qui me paraissaient hallucinants, mais je souriais. J'étais aux States et il fallait vivre avec son temps, le paraître était à la mode.

La salle était grande avec une belle vue sur le pont et la mer, la discussion était fraternelle et enthousiaste. Mon téléphone vibra, je venais de recevoir un SMS. Instinctivement, j'appuyai pour l'ouvrir sans regarder son contenu et le posai sur la table. J'écoutais les uns et les autres sur les bienfaits des nouvelles technologies, le développement d'internet et des réseaux sociaux sans que cela capte mon attention ou me passionne plus que cela. Je tenais cependant à ma posture professionnelle, mimant un intérêt pour les projets qu'on me proposait. Je reçus un deuxième message par une légère vibration sur la table. Je pris mon téléphone et ouvris le nouveau message. Il était inscrit : « Regarde le message précédent…» Interloqué, je relevai les yeux pour regarder les personnes présentes et appuyai sur le premier message. C'était des photos de moi et des deux blondes hollandaises, prises dans le bar, le taxi, et dans la chambre de l'auberge de jeunesse. Je levai la tête, la personne se trouvait forcément dans la salle, mais aucune n'utilisait de téléphone portable. Je devenais de plus en plus pâle et ma tête tournait en voyant la dizaine de photos de moi et de ces blondes plantureuses dans d'innombrables pauses qui ne laissaient aucun doute, j'étais abasourdi par ce que je voyais. Je n'écoutais même plus les propos tenus et sortis quelques minutes, prétextant une envie pressante. Arrivé aux toilettes, je me penchai pour vomir les restes de mon burger sous un relent de vieille bière à l'odeur de levure passée.

Alors que j'étais à genoux, les mains sur la cuvette, mon téléphone vibra à nouveau. Un message écrit me disait : « Je te surveille, Frédéric, ne dis rien à personne, je te contacterai bientôt avec une écharpe rouge… » Je relisais chaque mot au ralenti, le message se terminait par trois petits points.

Je réintégrai la salle de conférence, l'air de rien, après m'être aspergé d'eau et avoir pris un bonbon mentholé pour retrouver mes esprits. Deux heures plus tard, la rencontre se terminait par un pot. Mon auditoire était conquis et Ron était confiant et heureux en me déposant à l'hôtel.

Les jours s'écoulèrent au même rythme sauf que je ne sortais plus le soir. Je restais prostré dans ma chambre d'hôtel dans l'attente d'un nouveau SMS. Chaque écharpe rouge que je voyais attirait mon regard. Je m'attendais à me faire interpeller, mais rien ne se passait, je devenais anxieux et nerveux.

Ma campagne américaine avait été un vrai succès et des invitations fusaient de plusieurs villes. Le groupe des réseaux sociaux et l'agence de communication « Need You » avaient tous les deux fait quadrupler les ventes de mon livre par internet.

L'avion décolla en direction de Paris, personne ne m'avait contacté avec une écharpe rouge. Mon rêve m'avait pourtant alerté, mais je n'écoutais plus mes intuitions…

LES PRÉMICES

Deux années étaient passées depuis la sortie de mon livre. Nous avions changé d'appartement avec Valérie et étions allés dans un quartier plus huppé. Nous avions trouvé un splendide loft en haut du Sacré-Cœur, offrant une magnifique vue sur la ville de Paris.

Sur ma terrasse ensoleillée, je collai, d'un geste sûr, mes trois feuilles de Job pour former un large cône blanc. Je pris une cigarette de mon paquet de Camel, l'émiettai sur le long de mon papier posé à plat sur la table, tout à côté de mon énorme bol de café. Je sortis ma petite boîte en forme de noix de coco, l'ouvris et coupai un petit morceau de l'herbe marocaine que j'avais achetée la semaine précédente. J'étalai des petits bouts de Cam' tout le long de mon trois-feuilles, je le roulai entre mes doigts et donnai un bon coup de langue expert tout en le tassant légèrement. J'allumai mon pétard les yeux fermés, appréciant cette première taffe : il était neuf du matin. J'attrapai mon bol de la main gauche pour prendre une bonne gorgée de café noir, ma matinée commençait très bien.

Le temps était au beau fixe malgré un vent cinglant qui me fouettait le visage régulièrement. J'étais seul, j'avais envie de ne rien faire ! Valérie travaillait dur dans son cabinet d'architectes, je restais toutes les journées chez nous à essayer d'écrire. Les invitations s'étaient raréfiées, mais je ne pouvais pas me plaindre, j'avais beaucoup voyagé. Du coup, j'avais forcé un peu trop sur les soirées arrosées, je m'étais remis à fumer, car j'aimais cela. J'avais le sentiment de me sentir mieux, d'avoir une inspiration au top, une illusion de plus ! Mon deuxième roman était terminé et je réécrivais certaines parties qui me paraissaient moins bonnes. Il avait été lu par quelques lecteurs, mais je n'avais pas eu que de bons retours, y compris de Rolland, mon éditeur. J'étais persuadé que ce livre serait encore un succès. Je n'arrivais cependant pas à le finir dans l'état de défonce perpétuelle dans lequel je me mettais tous les jours. Valérie fumait de temps en temps au début, mais pour moi c'était devenu trop récurrent. Elle commençait à me faire des petites remarques.

— Tu fumes trop, tu bois trop, arrête, me répétait-elle régulièrement en levant les yeux au ciel.

Je la regardais, je lui disais qu'elle avait raison puis je recommençais dès le lendemain matin.

J'en connaissais quelques-uns qui fumaient très régulièrement et faisaient leur journée de boulot, d'autres qui passaient de job en job, n'étant plus très confiants en leurs capacités, développant parfois des colères pour des choses bénignes. J'avais redécouvert une véritable addiction envahissant chaque espace libre de mon être. Tout en aspirant une grande bouffée de mon pétard, j'avais le sentiment de m'évader dans un autre monde, de sérénité et de paix.

Mon téléphone vibra, c'était Natasha m'appelant pour venir boire un café chez moi. Elle savait que Valérie ne bossait pas cet après-midi. Elle passerait vers quatorze heures.

J'étais resté assis sur ma chaise à boire mon café et à regarder les gens marcher le long du trottoir, cherchant l'inspiration. J'écrivais le dernier chapitre, l'intrigue ne me plaisait pas. J'en avais écrit plusieurs, mais j'hésitais sur mon choix définitif. Écrasant mon pétard, je me sentis partir, de nombreuses images formaient un kaléidoscope de couleurs, je l'avais fait beaucoup trop fort. Je me voyais au galop sur un magnifique étalon noir le long d'une plage déserte puis j'étais sur une île, allongé à me détendre en me faisant masser avec de l'huile de coco par de belles métisses. Je partais complètement dans des délires nuisibles, il m'avait déchiré le crâne ! J'avais dû rester plus de deux bonnes heures à ne rien faire, il était presque midi. Je me levai rapidement pour aller prendre une douche, tout en passant devant le réfrigérateur pour boire une bière fraîche. Mes journées se rassemblaient depuis six mois. J'avais pris de l'embonpoint et ne faisais plus aucun sport. J'étais sorti plusieurs fois avec mon pote Benoît qui me répétait inlassablement de me calmer, de moins boire et fumer, mais rien n'y faisait, j'allais de plus en plus loin dans mes conneries et ne me souvenais de rien le lendemain.

Ces deux années avaient défilé à une vitesse fulgurante. Je n'avais pas vu le temps passer. J'avais beaucoup voyagé en Europe, en Asie, retournant plusieurs fois aux États-Unis. La vie de globe-trotteur avait accentué mes addictions, Valérie m'accompagnait de plus en plus rarement. J'avais vendu plus de dix millions de livres dans le monde et une adaptation au cinéma allait sortir dans les prochaines semaines. On était invités à l'avant-première.

Malgré le succès, la richesse, je n'arrivais toujours pas à me sentir bien avec moi-même. J'avais toujours des difficultés à m'exprimer en public, j'avais des addictions qui prenaient de plus en plus de place, m'isolant de plus en plus de mes amis et des gens, j'avais peur des photos diffusées dans des magazines people, des ragots défilaient sur la toile, je n'étais pas préparé à vivre cette célébrité. Mes amis ne voyaient que ma réussite, ne comprenant pas ma souffrance psychologique. Je pensais trop, je cogitais sur tout et sur rien, je me gangrénais par le doute, laissant ce cancer me ronger peu à peu. Mes seuls moments de détente étaient cette petite herbe marocaine qui apaisait mon esprit et mon corps, mais qui me déconnectait des réalités, me construisant un monde entre quatre murs.

Je sentais que Valérie ne savait plus comment faire avec moi. Elle essayait tout, allant de la colère à la menace, mais rien n'y faisait, je me complaisais dans cette vie que j'avais obtenue en publiant ce livre. Je me levai pour me regarder dans la glace, mon regard était triste et voilé. Il me faisait penser à mon grand- père, à mon père, morts alcooliques, que j'avais toujours rejetés, honteux de devenir comme eux. Cette image me revenait, tel un élastique trop tendu, en regardant mon propre reflet que j'observais avec attention. Je me dirigeai vers la salle de bain pour prendre une bonne douche avant l'arrivée de ma femme et de Natasha. Je sortis frais, requinqué, puis rangeai la table basse où se trouvait ma boîte à herbe.

L'interphone sonna, Natasha était déjà arrivée. Elle prit l'ascenseur et monta au huitième étage. Elle entra après m'avoir embrassé, enleva son manteau gris, laissant se dévoiler une jolie robe courte orangée, légèrement échancrée au niveau de la poitrine. Ravissante avec ses cheveux ondulés bruns et ses yeux marron, elle ne laissait pas les hommes insensibles, mais préférait être seule, pour vivre ses passions, la danse et l'écriture. On échangea sur nos derniers écrits respectifs, les miens paraissaient fades et sans vie à la lecture de ce que Natasha me proposait. Son premier roman en était à la phase finale de relecture et de réécriture, mais elle doutait encore de la qualité de ce qu'elle écrivait. Personnellement, je le trouvais excellent. Je l'avais discrètement fait lire à Rolland, mon éditeur, pour qu'il me donne son avis. Chose rare, il était prêt à la prendre sous son aile et à éditer son livre.

Je reçus un texto de Valérie qui m'annonça qu'elle ne pouvait pas rentrer, car son secrétariat lui avait fixé un rendez- vous au dernier moment sans la prévenir, des clients japonais en déplacement sur Paris. On passait de moins en moins de temps ensemble et mon intuition m'alarmait du pire à venir.

On travaillait depuis trois mois sur le livre de Natasha, je jouais le rôle de correcteur en taillant, critiquant chaque ligne de son texte tout en essayant de la pousser à éclore artistiquement. J'étais fier de son travail même si cela n'avait pas été un long fleuve tranquille. Elle ouvrit une petite boîte en fer et s'alluma un stick tout en portant sa tasse de café à la bouche avec un doux regard. C'était vraiment une belle femme, mais Natasha ne s'arrêtait pas au physique. Ce n'était pas son critère principal de sélection. Elle cherchait un homme ouvert, sympa, indépendant, le prince charmant, pour résumer. Ma femme et Natasha se connaissaient depuis l'université. Je passais beaucoup de temps avec elle et nous nous étions rapprochés grâce à notre passion commune. Elle était devenue ma confidente, mon amie, et je lui disais presque tout. Elle me tendit son stick que je refusai, je me sentais encore tout engourdi de mon pétard du matin. Elle me racontait avec passion sa dernière soirée, la salsa où elle avait rencontré Chico, un danseur hispano-brésilien qui l'avait fait danser toute la nuit. Elle s'était sentie portée dans une spirale ascendante et lumineuse emportant tous ses sens, surtout lorsqu'il effleurait la peau de son dos nu, lui procurant de légers frissons. Elle me faisait rire à me parler d'énergie, de spiritualité, d'anges auxquels je ne pipais rien. J'étais assez pragmatique sur ce point, mais je l'écoutais toujours sans lui faire une remarque désagréable. Elle était super connectée et moi j'étais un peu plus terrien, et même si l'écriture de mon livre sur les rêves m'exhortait à sortir un peu plus des sentiers battus, la différence n'était pas si marquée.

— Et cette sortie avec Chico, elle s'est finie comment ? lui demandai-je en lui lançant un clin d'œil complice.

Elle me regarda, posa sa tasse et me répondit tout simplement :

— Je suis rentrée en ayant passé une superbe soirée et non, il ne s'est rien passé ! La danse, ce n'est pas du sexe, Frédéric, il y a des nuances, dit-elle en soufflant de désespoir.

— Oh, il ne se passe rien dans ces soirées salsa ? je n'en crois pas un mot ! Il doit y avoir tout un tas de rapaces cherchant une proie facile, affirmai-je sans hésitation.

— Oui, pour certains, c'est une évidence, mais il y a aussi des personnes comme moi qui recherchent autre chose dans la danse, c'est un moyen de se laisser porter, de se laisser guider, de mélanger nos énergies. Tu laisses entrer une personne dans ta zone d'intimité. En te faisant sentir des émotions, des sensations, ton esprit se libère et tes pensées s'envolent, me répondit Natasha d'une voix suave.

— Dit comme cela, c'est vrai que ça donne envie de découvrir la salsa autrement.

— Enfin toi, tu ne peux pas y aller avec toutes les bombes blondes, brunes ou rouquines qui viennent danser, tu pourrais te faire un claquage de dos vu ton état physique, dit-elle d'un ton jovial — Sympa, je vois que tu es de bonne humeur.

— Qui cherche trouve ! répondit-elle en me faisant un clin œil. Mais je pense que dans le fond vous devriez, avec Valérie, vous mettre à la salsa. Ça vous permettrait de vous redécouvrir et de partager une activité commune, dit-elle d'un air interrogatif.

Deux SMS arrivèrent sur mon téléphone portable. Je me levai pour aller voir et resservir à Natasha une bonne tasse de café. C'était Corinne qui me proposait un déjeuner pour le lendemain midi. Depuis notre rencontre amicale dans l'avion qui nous avait emmenés à San Francisco, on se voyait régulièrement deux fois par mois. On parlait de nos vies respectives. Il n'y avait aucune liaison entre nous, juste deux personnes qui se retrouvaient pour papoter autour d'un bon déjeuner. Je confirmai par un « oui » rapide qui me donnait une excuse pour sortir de mon appartement.

On corrigea le dernier chapitre de la saga où se livrait une lutte acharnée entre un homme et une femme, deux âmes caressant l'espoir de se retrouver ensemble. C'était très bien écrit et ce dernier chapitre apportait un excellent dénouement. J'étais bluffé par la fin ! J'applaudissais, fier de mon poulain que j'accompagnais depuis plus d'un an. La transformation avait été radicale, même son écriture était méconnaissable. Il ne restait plus qu'à lui donner le souffle de la confiance et la pousser à monter la première marche de l'édition. Ce n'était pas si facile de s'exposer aux gens, aux critiques des journalistes et aux raccourcis qui pouvaient animer des gens malveillants sur son histoire, j'en étais témoin pour en avoir subi les frais. On en revenait toujours aux peurs, aux non-dits. J'avais franchi ce pas en m'extériorisant. Deux ans plus tard, je ne pouvais qu'admettre que tout n'avait pas été une réussite malgré de gros gains financiers et matériels. J'étais régulièrement affiché sur des tabloïds à prononcer des mots que je n'avais jamais dits, je me sentais blessé, régulièrement humilié et j'avais le sentiment que tous me regardaient avec dédain et mesquinerie. Je m'étais isolé du monde en m'enfermant dans mon appartement. Je n'achetais plus aucune revue et j'allais peu sur internet. J'avais perdu confiance en moi, emprisonné par le regard des autres. J'en parlais souvent à Natasha afin qu'elle prenne conscience de la nécessité d'accepter la reconnaissance et ses dérives. Je le vivais très mal et cela avait été une source d'enfermement, un échec personnel. Je ne voulais plus fuir ce que j'étais et mes échanges avec Natasha m'avaient aidé à vaincre cette peur. Nous avions créé une connivence intellectuelle qui apaisait mes doutes.

Ces discussions m'avaient libéré d'un poids que je n'avais su exprimer à la personne avec qui je partageais ma vie. C'était inextricable, mais ces conversations apaisaient mon esprit en fusion.

Elle partit vers seize heures, son manuscrit à la main, prêt à être publié. Sur le pas de la porte, je lui tendis la carte de Rolland, mon éditeur, en lui disant qu'il attendait son appel pour éditer son livre. Sa surprise était totale et elle se précipita dans mes bras pour m'embrasser, prête à franchir le pas !

— La nuit porte conseil. Appelle–le demain, tout est parfait, ne t'inquiète pas, lui dis-je en lui tapotant le dos.

Sur ces bonnes énergies, me mettant à penser comme Natasha, je décidai d'aller marcher dans les rues de mon quartier jusqu'à la basilique du Sacré-Cœur de Montmartre pour me ressourcer et recharger mes batteries. Je ne l'avais pas fait depuis six mois. J'adorais ce quartier avec ses ruelles, ses rues et ses immeubles magnifiques. Il y avait une âme qui régnait ici. Je pris la direction de la rue Foyatier pour remonter les trois cents marches afin de m'oxygéner l'esprit. Je soufflais comme un bœuf, m'arrêtant à chaque palier tout en faisant semblant de sourire pour ne pas me rendre ridicule devant les nombreux touristes qui passaient à côté de moi. Je n'avais plus aucune condition physique, c'était affligeant ! J'étais devenu bedonnant et je fumais trop. Valérie avait raison. Cette marche devenait un véritable pèlerinage et la basilique représentait mon Graal. À l'époque, j'aimais écouter les chants choraux du dimanche. Je passai par la place du Tertre et me posai une bonne heure à boire mes deux cafés, regardant les artistes travailler en alpaguant les touristes pour les faire poser. Il régnait une énergie particulière, comme aurait pu dire Natasha, on s'y sentait très bien malgré l'animation active, les serveurs apportant les plats place du Tertre, un lieu de création. Je me rendis à la basilique pour adresser ma prière personnelle. Je pris la résolution d'arrêter le cannabis, cela m'embrumait trop l'esprit et mon écriture était moins lisse et plus terne.

Ces rencontres régulières m'avaient donné du baume au cœur. La joie communicative de Natasha et la fin de son livre avaient éveillé en moi l'envie de sortir de la grotte virtuelle que mon appartement représentait dans mon esprit. J'avais cru que m'enfermer me protégerait des photos que j'avais reçues de San Francisco et de ce harcèlement journalistique pour lequel je n'étais pas préparé. Je ne pouvais plus rester à me cacher, à fuir ma réalité. Il fallait que je maîtrise mes peurs pour ne pas m'enfermer sur moi-même. Je voulais vivre mon présent sans penser à soupeser chacun de mes actes ou de mes pensées. Mais cela n'était pas si facile à faire ! On avait toujours une bonne excuse.

Un collègue, un ami, vous rappelait sans cesse vos limites. Ça manquait d'optimisme dans cette société. Nous étions tous les reflets de nos propres miroirs, projetant nos peurs et nos angoisses les uns sur les autres. Chacun se protégeait comme il pouvait, j'avais les nerfs à vif d'avoir si longtemps abandonné le combat de ma vie en me sacrifiant sous la volonté de principes éducatifs dont j'avais oublié les valeurs essentielles. Nous étions tous manipulés comme des marionnettes en représentation.

Je décidai de couper les fils et de changer de camp

pour aller dans la lumière. Après tout, les gens pourraient bien penser ce qu'ils voulaient de moi, ma vie m'appartenait.

J'avais enfin retrouvé le sourire tout en redescendant la butte Montmartre pour retourner chez moi.

En haut de la rue, je vis Valérie descendre d'une voiture et un homme, que je ne connaissais pas, l'embrassa sur les joues. Je voyais bien qu'il se passait quelque chose entre eux. Les sourires et les mouvements du corps ne trompaient pas. Elle le suivit du regard jusqu'à ce qu'il remonte dans sa voiture. Une alarme intuitive se mit à sonner dans ma tête, une boule se forma dans ma gorge, j'avais le cœur à vif. Ma vie glissait un peu plus, je n'avais rien vu venir. Je me promis de me reprendre en main et avançai vers Valérie, faisant semblant de ne pas l'avoir vue. Je me trompais encore une fois, abusé par mon aveuglement.

Le lendemain matin, je me levai en premier, en pleine forme et de bonne humeur, pris mon petit déjeuner avec Valérie qui était toute surprise de me voir si tôt. Je m'étais rasé, douché, parfumé et habillé avec un costard assez classe. D'habitude, je dormais jusqu'à neuf heures, Valérie ayant déjà quitté la maison vers huit heures trente.

Elle n'avait pas prononcé un mot, surprise de me voir prendre mon petit déjeuner avec elle.

— Que t'arrive-t-il ? demanda-t-elle, inquiète.

— Rien, je reprends les rênes de ma vie. Je ne veux plus rester enfermé à ne rien faire dans notre appartement. Je veux un travail en dehors de la maison, rencontrer d'autres personnes. Je vois Rolland à dix heures trente. Il cherche quelqu'un pour corriger des manuscrits, il a un bureau qui s'est libéré.

— Enfin ! Tu t'es décidé à te prendre en main, dit-elle en se déridant pour me prendre dans ses bras.

— Oui, j'ai l'impression de m'être endormi pendant des années, ma chérie !

On sortit de notre appartement et on s'embrassa tendrement avant de se séparer pour aller à nos rendez-vous respectifs.

La réunion de travail avec Rolland se passa super bien. Lui aussi était ravi de me voir reprendre pied. Il me proposa un bureau et me déposa trois manuscrits à corriger, à analyser et à évaluer. J'étais heureux de pouvoir retrouver une vie simple pour redonner du sens à mon quotidien. Ces derniers mois avaient été exténuants psychologiquement et je n'en pouvais plus. Une page se tournait enfin pour moi.

Je descendis de l'immeuble pour me rendre à mon déjeuner avec Corinne au Fouquet's. Je pris un taxi qui me déposa juste en face du restaurant.

La rue était animée et de nombreuses voitures circulaient dans les deux sens dans un concert de klaxons. Je sentais les gens nerveux. Je payai le chauffeur de taxi, sortis du véhicule et me dirigeai vers le passage clouté. Le bonhomme vert s'alluma et je traversai la rue d'un pas sûr tout en regardant la devanture du restaurant, l'appétit au ventre.

Je vis une femme hurler de l'autre côté de la rue, secouant les bras dans tous les sens, qui me cria : « Attention ! »

Je compris trop tardivement que le message était pour moi.

Je tournai la tête immédiatement sur ma gauche pour voir une voiture grise me percuter de plein fouet sans que je puisse faire un pas de plus. Avant de m'envoler sur son capot, j'eus juste le temps d'apercevoir cette brune, avec son foulard rouge autour du cou, regardant son téléphone, les yeux ébahis !

Je sentis mes jambes se briser sous l'impact du choc avant d'atterrir violemment sur le béton. Par chance ou par réflexe, mon corps s'enroula sur lui-même et ma tête ne toucha pas le sol trop fortement. La douleur fut instantanée, je me mis à hurler.

Juste avant de m'évanouir, je vis les talons rouges d'une femme, le téléphone à la main, appelant les premiers secours.

UNE LUMIÈRE DANS LE NOIR

Je fus réveillé par un bip continu qui me harcelait depuis des heures. C'était la nuit et seul l'électrocardiogramme illuminait ma chambre d'une lueur verte. J'avais l'impression qu'on m'était passé sur le corps. J'avais atrocement mal. Chaque mouvement me comprimait le ventre. Je ne pouvais pas bouger sans faire une terrible grimace, j'avais la sensation d'avoir des aiguilles plantées partout. Mes deux jambes étaient plâtrées jusqu'à mi-cuisse et j'avais du mal à remuer mes bras pour appeler l'infirmière. J'étais enfermé dans mon propre corps sans pouvoir réagir, je me sentais ankylosé et tout faible. Je secouai la tête trop rapidement et fus pris d'une intense douleur avec la sensation d'avoir un étau qui me comprimait le cerveau. Une infirmière arriva à ce moment-là.

Calmez-vous, monsieur Revin. Essayez de ne pas trop bouger, je vais vous administrer un antalgique en intraveineuse. Cela va vous apaiser et vous permettre de finir la nuit. Je m'appelle Myriam et suis l'infirmière de nuit. Vous êtes aux soins intensifs, en observation, à l'hôpital Salpêtrière. De quoi vous souvenez-vous, monsieur ? dit-elle sur un ton prévenant avec un léger sourire.

— Je me suis fait renverser par une voiture hier et j'ai les jambes cassées, lui répondis-je avec difficulté.

— Oui, monsieur Revin, confirma-t-elle avec douceur tout en vérifiant le goutte-à-goutte. Votre accident est arrivé hier midi. On vous a opéré en fin de journée. Vous souffrez de multiples fractures. On vous a mis des broches, mais tout s'est bien passé. Les cassures étaient franches, par chance. Vous devez rester calme, le médecin vous expliquera tout en détail demain matin. Vous avez un léger trauma crânien, il faut éviter de faire des mouvements brusques. Je vais revenir pour vous donner quelques gorgées d'eau et mettre une nouvelle perfusion pour vous réhydrater.

— Oui, fis-je en remuant les lèvres faiblement.

J'avais soif. Ma gorge était sèche et je rêvais d'un verre d'eau.

— Où est ma femme ? Quelle heure est-il ?

— Tout va bien ! Ne vous inquiétez pas ! Détendez-vous ! Je m'occupe de vous, répondit-t 'elle d'une voix apaisante tout en installant une nouvelle perfusion d'antidouleur.

Elle replaça la sonnette d'un geste doux, mais professionnel, à côté de ma main en me disant de ne pas hésiter à appuyer si j'en avais besoin. *C'est notre connexion internet*, pensai-je tout bas, le sourire aux lèvres.

Au bout de quelques secondes, mes yeux se fermèrent, mes paupières devenant de plus en plus lourdes. Je me sentais abandonné et à nouveau dépendant de la vie alors que j'avais décidé la veille d'en sortir. C'était injuste !

Valérie était retournée dans notre appartement, dépitée de me voir dans cet état. Le médecin l'avait pourtant réconfortée à plusieurs reprises et lui avait demandé de rester confiante. La blessure était relativement grave, la convalescence serait longue, mais je n'étais pas à l'article de la mort.

***

Il était sept heures du matin dans la cuisine mal éclairée. Elle but un café froid et passé, pleurant, seule, en face du mur blanc où était suspendue une pendule formant la carte du monde, qui rythmait inlassablement le tic-tac des secondes. En fait, ce qui l'avait bouleversée, c'étaient les nombreux SMS qu'elle avait lus en prenant le téléphone portable de son mari, émanant d'une personne qu'elle ne connaissait pas. Il n'y avait rien de compromettant, seules quelques phrases tendancieuses qui ne préjugeaient de rien. Seulement, elle ressentait qu'il se passait quelque chose, son intuition féminine l'alarmait.

« Je suis découragée ! Je n'en peux plus de le voir se détruire avec ses merdes d'alcool, de cannabis, il a trop changé en deux ans ! Je suis sûre qu'il ne m'aime plus et il ne fait rien pour me laisser croire que j'existe ! Je ne suis plus qu'un tableau accroché à un mur de son bureau. Je vais lui dire que je le quitte s'il ne change pas, c'est trop pour moi ! J'ai mal partout, je tremble dès le matin en buvant un mauvais café noir, je ne dors plus depuis des semaines ! Ça suffit maintenant, Frédéric, dit-elle en parlant tout haut à un être invisible pour se convaincre de sa décision. J'ai même réussi à me disputer avec ma meilleure amie, Natasha, en l'accusant d'avoir une liaison avec mon propre mari ! Mais où vais-je comme ça ? Je pars complètement en vrille ! Ce n'est pas la vie que je veux ! C'est clair pour toi, Valérie ? » dit-elle en tapant du poing sur la table dans sa cuisine assombrie.

Elle se sentait aussi coupable de la liaison qu'elle avait avec Fabian depuis trois mois. Plus jeune qu'elle, il la faisait sourire, il s'occupait d'elle en prenant soin d'avoir de douces attentions. Il lui donnait confiance et assurance. Elle ne savait plus quoi penser. Elle était partagée entre l'envie de fuir, de se cacher, de hurler ou de courir prendre Frédéric dans ses bras. Il était peut-être temps de poser cartes sur table. Il sortirait dans quelques jours, ça serait une occasion parfaite.

Elle envoya un texto à Fabian pour lui annoncer la fin de cette relation en terminant par la phrase : « Ne me réponds plus… » Elle voulait donner une chance supplémentaire à son mariage. Elle s'emportait trop avec les gens qu'elle aimait. Elle devait changer d'attitude et revoir son comportement. Elle était à un tournant de sa vie, elle en était persuadée. Elle ne pouvait plus continuer à vivre comme cela.

Ce foutu livre avait changé bien des choses entre eux. Ils ne s'étaient pas adaptés, ne prenaient plus le temps de passer des moments ensemble. Ils parlaient sans s'écouter, discutant inlassablement du boulot, de l'immeuble qu'elle dessinait aux normes environnementales ou des trois pages qu'il avait écrites dans la journée. Le lendemain, ils refaisaient la même chose avec une autre bouteille de rosé, et devenaient moroses ! Ils parlaient de tout, sur tout le monde, mais rarement d'eux. Ils ne s'en rendaient même plus compte au quotidien, suspendus aux regards des autres. Ils ne faisaient pratiquement plus l'amour, absorbés par d'autres choses. Elle, c'était Fabian qui la transportait depuis quelques mois vers d'autres fantasmes. Lui, c'était ses dépendances qui l'amenaient à vivre dans ses pensées. Ils n'avaient plus de projets d'avenir en commun. Ils avaient chacun leur vie, chacun de leur côté, tout en vivant sous le même toit, ils devenaient des colocataires.

Valérie prenait conscience avec effroi et exaspération de sa vie de couple. Les larmes continuaient de couler le long de ses joues dans la cuisine mal éclairée. Elle ne pouvait pas rejeter la faute entièrement sur lui, elle avait une part de responsabilité dans ce qu'ils étaient devenus aujourd'hui. Elle n'avait pas voulu voir, elle n'avait pas voulu reconnaître les défauts de son mari, il était imparfait !

Elle se leva, traîna les pieds avec ses vieux chaussons marron et sa robe vert passé dans laquelle elle s'était endormie en rentrant de l'hôpital. Elle avait pris dix ans en une nuit malgré sa petite trentaine. Son visage rond était cerné, son mascara noir avait coulé, donnant un aspect sombre et effrayant à sa tête. Elle se sentait vidée ! Elle prit une petite bougie qu'elle gardait précieusement depuis très longtemps pour les grandes cérémonies. Elle l'alluma avec dévotion et fit une longue prière à ses anges, c'était la seule chose qu'elle pouvait faire au vu de son état d'épuisement. Elle s'était à nouveau assise en la tenant par le bout de ses doigts, espérant pouvoir sortir de cette impasse.

La lumière et la chaleur à proximité de son visage la réchauffaient. Elle ferma les yeux quelques instants. Elle secoua la tête avec une rare violence pour malmener son mental. C'était plus que symbolique, mais cela lui permettait de ne plus être assaillie de pensées pendant un cours instant. Elle avait parfois le sentiment de ne plus être maîtresse de sa vie à cause de ses pensées qui l'envahissaient au quotidien.

« Non, non, non et non ! cria-t-elle en levant les yeux au ciel. Je suis maîtresse de ma vie, je lâche prise ! Je vis mon présent et cesse de me tirer vers le passé constamment, je te l'ordonne ! » dit-elle d'une voix autoritaire pour se convaincre elle-même.

La flamme de la bougie s'étira vers le haut, comme pour répondre à ses pensées et lorgner les dernières ombres de la cuisine. Valérie était décidée à remettre de l'ordre dans sa vie, Frédéric en ferait partie. Elle ne baisserait pas les bras. Elle se leva d'un seul coup, ouvrit la fenêtre de la cuisine, alluma et se mit à ranger énergiquement la pièce puis se dirigea vers la salle de bain.

***

Allongé sur le lit d'hôpital, je me sentais impuissant, démuni et prisonnier dans cet espace contraint. Des pensées fusaient vers cette brune au foulard rouge qui regardait son téléphone pendant que je me faisais projeter comme une feuille morte sur l'épais coaltar de la route.

Puis, l'image de Corinne me revint à l'esprit, j'avais dû recevoir de nombreux SMS, pensais-je tout en me demandant où était mon téléphone portable. Il était presque dix heures du matin. J'avais eu le temps de ruminer toute la matinée lorsque le médecin arriva enfin.

— Bonjour, monsieur Revin, je suis le docteur Inès Hassentz, vous avez l'air d'aller mieux ce matin. Vous avez une double fracture au niveau des deux jambes et un léger traumatisme crânien. Par chance, le bassin n'est pas cassé. On vous a mis des broches dans chacune des jambes. Vous avez de nombreux hématomes et des brûlures sur votre corps, dit-elle avec un sourire affectueux.

Grande et mince, de longs cheveux châtain clair avec des yeux verts, la voix douce, elle mettait beaucoup de formes pour ne pas brusquer les malades. Elle se donnait du mal pour être apaisante et avoir le sourire.

— Vous avez eu beaucoup de chance dans votre

malheur. Vous n'avez aucune fracture du crâne, juste un léger traumatisme crânien sans gravité. Pourtant, d'après les témoins, vous avez été littéralement projeté à dix mètres de l'impact. Les multiples hématomes et brûlures disparaîtront d'ici trois semaines et vous n'en garderez aucune séquelle. Il y aura deux mois de plâtre avec au minimum six à huit mois de rééducation si vous êtes sérieux et appliqué. Vous retrouverez l'ensemble de vos capacités motrices, j'en suis persuadée. Dans un an, tout cela n'aura été qu'un affreux souvenir pour vous. Que faites-vous dans la vie, monsieur Revin ? demanda-t-elle avec un large sourire.

Résigné, je lui répondis que j'étais écrivain en soufflant sans retenue.

— Bon, c'est une bonne nouvelle, vous allez avoir le temps d'écrire, il vous reste vos deux bras valides, dit-elle avec humour.

— C'est vrai, vous avez raison, répondis-je sans conviction.

— Allez, allez, ne déprimez pas ! Je veux vous faire visiter cet hôpital lorsque vous pourrez vous déplacer. Votre situation est loin d'être compliquée et il y a beaucoup plus grave. Je dois poursuivre ma tournée, je vous reverrai avant votre sortie programmée dans les prochains jours. Bon courage, monsieur Revin, au revoir, dit-elle en sortant de la chambre.

J'étais resté dans mon lit sans rien dire. Cette énergie positive avait chassé tous mes doutes et mes remords d'un revers de la main. Je me sentais ridicule et je culpabilisais, honteux de me voir déjà mort. Je fermai les yeux et me mis à respirer pour ne plus penser, je dus m'assoupir.

En rouvrant les yeux lentement, en clignant

légèrement les paupières, je réalisai que Valérie était là, au bout de mon lit, à me regarder tendrement. Son regard était légèrement embué de larmes. Elle se rapprocha de moi pour m'embrasser. Tout en passant mes mains sur mon visage, sa chaleur et son amour firent accélérer mon cœur fragilisé par des mois de repli intérieur. Je ressentis comme une vague arrivant du plus profond de mon être pour laisser s'ouvrir les vannes de mes larmes. J'étais incapable de prononcer un mot, seuls les sanglots et les pleurs coulaient abondamment le long de mes joues. Je ne faisais plus rien pour arrêter ce flot d'énergie qui me chamboulait totalement. Je vidai des années de retenue, d'aigreurs, de peines, de regrets, qui s'évacuaient hors de mon corps. Je n'avais pas pleuré depuis mes quatorze ans.

Valérie avait simplement posé sa tête sur mon torse, laissant s'exprimer ma peine et ma tristesse. Je ne sais pas combien de temps dura ce moment, mais la vague diminua peu à peu, laissant place nette pour de nouvelles émotions à venir. Je me sentais libéré, je me sentais renaître et j'étais léger. Et surtout, je n'avais pas honte.

— Excuse-moi, Valérie, arrivai-je à prononcer tout doucement.

— Chut, me répondit-elle en mettant un doigt sur ma bouche.

Elle m'embrassa tendrement.

J'étais rentré à la maison au bout de quelques jours. Heureusement, on avait un ascenseur. On m'avait prêté un fauteuil roulant et Valérie me baladait régulièrement dans les rues avec mes jambes tendues. Cela faisait rire et sourire tous ceux que je croisais et je pouvais lire dans leurs yeux leur compassion. Cela me décomplexait de cette situation loufoque. Même les photos dans les magazines people m'avaient fait sourire. Elles me permettaient surtout de casser cette image que je pouvais avoir sur moi-même. L'esprit était bien malin et s'amusait régulièrement à me ronger par mon manque de confiance. C'était une lutte incessante, mais j'avais abdiqué par KO. Il y avait quand même de drôles de synchronicités dans ma vie, ce foulard rouge était toujours présent pour m'apporter un avertissement. Il y avait plein de petits signes, de coïncidences, de phrases pour m'alerter, mais je prenais toujours le chemin le plus compliqué et me dirigeais toujours dans une direction qui n'était pas la bonne pour moi. J'allais finir par croire que les anges existaient, je ne pouvais pourtant pas m'y résoudre !

J'avais profité de cette nouvelle période pour écrire un troisième livre et terminer celui sur les rêves que je n'avais jamais osé finir. Je décidai de l'autopublier sous un nom d'emprunt, mon éditeur étant opposé à ce projet. Pendant toute ma rééducation, j'avais promis à Valérie que nous irions nous inscrire à la salsa pour prendre des cours dès que je marcherais normalement. Je voulais me motiver et nous trouver une activité commune. Rolland m'avait surchargé de travail en me donnant d'énormes manuscrits à corriger, à croire qu'ils avaient tous comploté pour ne pas me laisser retomber dans mes travers.

Je me sentais à nouveau bien dans ma vie. J'avais des repères, nos amis revenaient passer des soirées avec nous et ma vie était rythmée par un nouveau quotidien que j'aimais. J'étais détendu, je fumais rarement et cette vie simple me suffisait.

Ma rééducation fut longue et fastidieuse. Elle dura

une éternité, ce qui ébranla ma patience et ma nervosité. Mais, jour après jour, Valérie m'apaisait, trouvait les mots pour me motiver et me redonner la force de repartir le lendemain. Elle était devenue mon moteur. Je marchais de mieux en mieux malgré ma jambe gauche qui suivait encore difficilement le rythme imposé. Je m'amusais à descendre et remonter les trois cents marches qui menaient au Sacré-Cœur. Au début, j'avais commencé par une dizaine de marches avant de m'appuyer lamentablement contre la rambarde tout en augmentant inexorablement leur nombre chaque jour pour me motiver et me dépasser.

Au bout de quelques mois, j'avais perdu du ventre et je commençais à retrouver une forme physique comme je ne l'avais pas eue depuis des années. Je rentrai me doucher après une bonne heure de course à pied. Il était vendredi soir et je décidai de préparer un bon repas. J'avais acheté le matin même au marché des produits frais, des cèpes, des girolles, de fines tranches de jambon et des olives fraîches pour préparer un excellent risotto du Sud-Ouest que j'avais inventé, me rappelant des origines que je n'avais pas.

Valérie rentra du travail plus tôt que prévu, accrocha son manteau à une patère, et je fus pris en flagrant délit dans ma cuisine où s'entassaient les plats sales et les épluchures, un verre de vin rouge à la main.

— Bonjour chérie, tu rentres tôt ! C'est bien ! On va pouvoir profiter de la soirée, lui dis-je avec un grand sourire aux lèvres.

— Il faut que je te parle, Frédéric, dit-elle en laissant sa phrase en suspens avec un air grave.

Je sentis une flèche me traverser, la peur me tordait le ventre. Je posai mon verre sur le comptoir, la main tremblotante.

— Que se passe-t-il, Valérie ? lui demandai-je d'une voix hésitante.

— Je suis enceinte, Frédéric, dit-elle avec un grand sourire.

Je soufflai un bon coup. J'avais eu peur qu'elle me quitte et puis réalisai l'instant d'après…

— Pardon ? répondis-je, l'air hagard.

— Je suis enceinte, Frédéric ! répéta-t-elle d'une voix forte et heureuse.

Je me précipitai vers elle pour la prendre dans mes bras. Je ne réalisai pas ce qu'elle venait de dire. Cinq ans qu'on attendait d'avoir un enfant !

Je hurlai de bonheur, la soulevai et me mis à danser une valse dans le salon, le cœur en joie. J'allais enfin pouvoir devenir comme tout le monde !

NAISSANCE

Les mois qui suivirent furent une période de zénitude totale. Je retrouvais une forme physique au top en courant très régulièrement deux à trois fois par semaine dans les rues de Paris. L'année 2008 était une année de changement. Nos vies personnelles avaient basculé radicalement, cela faisait du bien de partager du bonheur. Ces deux dernières années, malgré notre réussite matérielle, avaient été très difficiles sur le plan affectif. On avait été proches de la séparation, mais avions décidé de mettre de l'ordre dans nos vies respectives. Il suffisait parfois de le décider pour que les choses changent. La vie était-elle si simple ? Fallait-il être poussé dans ses derniers retranchements pour faire évoluer nos mentalités ? Je ne comprenais pas pourquoi notre esprit se posait autant de questions. On arrivait à se créer des illusions, persuadé d'être dans son bon droit et dans le bon chemin. On perdait toute objectivité sans prendre le recul nécessaire, prenant trop à cœur notre vie, on s'enfermait dans notre monde.

Valérie était presque à terme de sa grossesse, à quelques semaines de l'accouchement. Son corps se transformait, son ventre s'arrondissait. Elle était fatiguée, mais je la trouvais rayonnante.

Les femmes enceintes étaient magnifiques, j'en voyais partout dans la rue, le métro, le parc ! On ne s'engueulait presque plus, cela devenait miraculeux ! Je nageais dans du pur bonheur. Nous attendions une petite fille, j'étais certain qu'elle changerait profondément notre vie à tous les deux. Nous n'étions pas encore d'accord pour savoir comment nous allions l'appeler et avions établi une liste prioritaire de trois prénoms. On s'était laissé du temps pour décider. On renouait des liens avec nos amis, mais des traces indélébiles étaient restées de la dispute que Valérie avait eue avec Natasha. La confiance s'était brisée dans cette altercation, il leur fallait du temps.

Le premier livre de Natasha se vendait plutôt bien et Rolland, mon éditeur, lui avait commandé un second livre. Elle était heureuse, on se corrigeait régulièrement nos manuscrits, y apportant nos qualités respectives. Elle progressait dans les descriptifs de lieux et de personnages, ses intrigues étaient toujours surprenantes. Elle devenait meilleure que moi, je devais l'admettre. Il fallait juste qu'elle cible un public plus élargi. Je lui suggérais de traduire ses livres en anglais, elle aurait plus de chances de voir s'envoler ses ventes. Les Anglo-Saxons, les Américains, adoraient l'*héroic fantasy*. Je poussais Rolland à intensifier sa promotion, mais il s'était renfrogné, devenant peu bavard. Depuis que j'avais pris mes fonctions au bureau, je ressentais quelques tensions au sein de son entreprise que je ne percevais pas auparavant. Son regard avait changé, il était plus glacial, plus distant. Il m'écoutait toujours attentivement, mais ça sonnait faux. Il y avait une sorte de colère froide qui s'était installée en lui, il devenait cynique ! Tout était calculé et je notais qu'il prenait toujours grand soin de ne pas me heurter, détournant toujours mon esprit vers d'autres sujets ; il me cachait quelque chose d'inextricable.

Je rentrais tôt à la maison pour profiter de Valérie qui avait cessé de travailler et qui profitait de notre terrasse ensoleillée pour prendre des couleurs sur l'énorme transat qu'on avait acheté deux mois plus tôt.

— Comment vas-tu, ma chérie ? demandai-je en l'embrassant.

— Bien, je suis fatiguée, elle gigote dans tous les sens et n'arrête pas de me donner des coups de pied, dit-elle en tournant les pages de son magazine.

Je posai les mains sur son ventre pour apaiser les petites secousses que l'on pouvait voir à l'œil nu.

— Calme-toi, Camille, lui dis-je.

— Mais, on n'a pas décidé qu'elle s'appellerait Camille, dis donc, je n'aime pas ce prénom !

— Regarde, elle ne bouge plus. Tu vois qu'elle aime ce prénom, lui répondis-je du tac au tac. Pourquoi, c'est très bien ? Ça me rappelle…

— Ça te rappelle une ex ? coupa Valérie avec colère.

— Rhô… mais arrête, Valérie, tu exagères, lui dis-je.

— Oui, je préfère faire autrement et ça ne sera pas Camille, grogna-t-elle en mettant son magazine devant ses yeux.

— Si répondis-je en baissant son livre pour voir son regard.

Je pris le magazine sur la joue avec un grand « splash ». Je fis un large sourire en retour et lui dit qu'elle avait bien visé. Je me baissai pour l'embrasser et elle me glissa à l'oreille :

— Ça sera Séverine ! déclara-t-elle.

— Certainement pas ! Je déteste ce prénom. De toute façon, c'est moi qui vais à l'état civil déposer les papiers, lui dis- je pour clore la discussion.

— OK, on en trouvera d'autres, de prénoms. On ne va pas s'énerver ce soir, Frédéric, dit-elle en ouvrant les bras pour m'embrasser.

J'aimais ces moments de partage. Nous avions retrouvé une forme de complicité, cette simplicité avait redonné du sens à nos vies.

On avait organisé un petit dîner avec quelques amis à la maison. On s'installa dans la cuisine pour préparer le repas du soir. Je m'occupai du plat principal et de l'entrée pendant que Valérie s'évertuait à préparer un gâteau au chocolat en remuant activement les carrés qui fondaient dans sa casserole. De mon côté, j'avais préparé une belle petite salade grecque en entrée puis des paupiettes de veau avec une purée maison dont ma grand-mère m'avait révélé le secret pour qu'elle soit onctueuse. Avec cela, j'avais acheté deux grands crus en espérant que les bouteilles seraient bonnes au vu du montant que j'avais dépensé chez le caviste. On avait préparé ce bon petit repas ensemble en faisant la liste des derniers achats pour finir la chambre du bébé.

J'avais repeint les murs avec une couleur violette puis fixé une lumière qui tournait en projetant des personnages sur les murs. Des étoiles luminescentes étaient collées au plafond et se réfléchissaient grâce à la lumière. Valérie avait acheté une armoire de vêtements, craquant sur les moindres habits qu'elle voyait dans un magasin. En trois mois, on était devenus complètement gagas. Cela exaspérait même nos amis qui nous avaient gentiment remis en place lors de nos dernières soirées. On ne parlait plus que de ça, donnant même des conseils à ceux qui en avaient déjà eu en leur expliquant que nous, on donnerait telle éducation, telle nourriture à notre bébé.

Depuis que j'avais pris mes fonctions au bureau, je ressentais quelques tensions au sein de son entreprise que je ne percevais pas auparavant. Son regard avait changé, il était plus glacial, plus distant. Il m'écoutait toujours attentivement, mais ça sonnait faux. Il y avait une sorte de colère froide qui s'était installée en lui, il devenait cynique ! Tout était calculé et je notais qu'il prenait toujours grand soin de ne pas me heurter, détournant toujours mon esprit vers d'autres sujets ; il me cachait quelque chose d'inextricable.

Je rentrais tôt à la maison pour profiter de Valérie qui avait cessé de travailler et qui profitait de notre terrasse ensoleillée pour prendre des couleurs sur l'énorme transat qu'on avait acheté deux mois plus tôt.

— Comment vas-tu, ma chérie ? demandai-je en l'embrassant.

— Bien, je suis fatiguée, elle gigote dans tous les sens et n'arrête pas de me donner des coups de pied, dit-elle en tournant les pages de son magazine.

Je posai les mains sur son ventre pour apaiser les petites secousses que l'on pouvait voir à l'œil nu.

— Calme-toi, Camille, lui dis-je.

— Mais, on n'a pas décidé qu'elle s'appellerait Camille, dis donc, je n'aime pas ce prénom !

— Regarde, elle ne bouge plus. Tu vois qu'elle aime ce prénom, lui répondis-je du tac au tac. Pourquoi, c'est très bien ? Ça me rappelle…

— Ça te rappelle une ex ? coupa Valérie avec colère.

— Rhô… mais arrête, Valérie, tu exagères, lui dis-je.

— Oui, je préfère faire autrement et ça ne sera pas Camille, grogna-t-elle en mettant son magazine devant ses yeux.

— Si répondis-je en baissant son livre pour voir son regard.

Je pris le magazine sur la joue avec un grand « splash ». Je fis un large sourire en retour et lui dit qu'elle avait bien visé. Je me baissai pour l'embrasser et elle me glissa à l'oreille :

— Ça sera Séverine ! déclara-t-elle.

— Certainement pas ! Je déteste ce prénom. De toute façon, c'est moi qui vais à l'état civil déposer les papiers, lui dis- je pour clore la discussion.

— OK, on en trouvera d'autres, de prénoms. On ne va pas s'énerver ce soir, Frédéric, dit-elle en ouvrant les bras pour m'embrasser.

J'aimais ces moments de partage. Nous avions retrouvé une forme de complicité, cette simplicité avait redonné du sens à nos vies.

On avait organisé un petit dîner avec quelques amis à la maison. On s'installa dans la cuisine pour préparer le repas du soir. Je m'occupai du plat principal et de l'entrée pendant que Valérie s'évertuait à préparer un gâteau au chocolat en remuant activement les carrés qui fondaient dans sa casserole. De mon côté, j'avais préparé une belle petite salade grecque en entrée puis des paupiettes de veau avec une purée maison dont ma grand-mère m'avait révélé le secret pour qu'elle soit onctueuse. Avec cela, j'avais acheté deux grands crus en espérant que les bouteilles seraient bonnes au vu du montant que j'avais dépensé chez le caviste. On avait préparé ce bon petit repas ensemble en faisant la liste des derniers achats pour finir la chambre du bébé.

J'avais repeint les murs avec une couleur violette puis fixé une lumière qui tournait en projetant des personnages sur les murs. Des étoiles luminescentes étaient collées au plafond et se réfléchissaient grâce à la lumière. Valérie avait acheté une armoire de vêtements, craquant sur les moindres habits qu'elle voyait dans un magasin. En trois mois, on était devenus complètement gagas. Cela exaspérait même nos amis qui nous avaient gentiment remis en place lors de nos dernières soirées. On ne parlait plus que de ça, donnant même des conseils à ceux qui en avaient déjà eu en leur expliquant que nous, on donnerait telle éducation, telle nourriture à notre bébé.

La soirée avec Christina, Benoît, Natasha et Rolland fut très agréable. Elle se déroula sur des rires, des plaisanteries, des moqueries sur nos histoires récurrentes. On fit le tour du monde en une soirée, parlant de politique, d'économie, du président, du chômage, de nos familles, de nos projets, de nos rêves et, le vin aidant, de nos espoirs. Puis, vers la fin de soirée, après avoir partagé un gâteau au chocolat dont tout le monde s'empressa de vanter l'excellence de peur de subir une ire de Valérie, nous prîmes un petit café accompagné d'une eau de vie. Il y eut ce petit instant de silence, comme si le temps se figeait et qu'une porte s'ouvrait sur un autre monde, au milieu de nous, mais que nos yeux ne pouvaient voir. Cela dura quelques secondes où chacun fut traversé par de légers frissons sans en comprendre l'origine ni la raison.

— Un ange qui passe… commenta Valérie.

Cela nous fit ressortir de notre léthargie et reprendre notre discussion.

De mon côté, j'avais ressenti ce moment comme un avertissement, comme un calme avant la tempête, la fin d'un cycle. C'était impressionnant ce que l'esprit pouvait produire en nombre de pensées en quelques secondes seulement, appuyant souvent sur le côté sombre de la personne. Les yeux toujours figés dans le vide, je n'arrivais pas à m'enlever ce pressentiment. Mon sixième sens m'alertait et ce message était pour moi, j'en étais persuadé. Mon cœur s'était accéléré, ma jambe droite se mit à trembler et je nouai mes doigts nerveusement.

— Frédéric, reviens parmi nous, m'interpella Natasha en me bousculant l'avant-bras.

— Excuse-moi, je rêve trop, leur dis-je avec un grand sourire. Vous disiez quoi ?

— On parlait de nos parcours universitaires, répondit sèchement Rolland.

— Tes études sont très loin, interpellai-je avec le sourire.

— Je n'ai que huit ans de plus que toi et physiquement je fais beaucoup plus jeune, annonça Rolland. Demande à ta femme, c'est la plus objective de notre groupe.

— Hein ? coupa Valérie. Tu deviens vraiment hypocrite avec l'âge.

— Je confirme ! affirma Natasha.

— Mais c'est un complot féministe en plus ! C'est fou, à chaque fois que l'on dit quelque chose de sympathique sur une femme, les autres ne peuvent s'empêcher d'être jalouses.

— Mouais, tu n'as aucunes valeurs. En plus, tu es misogyne ! affirma Christina.

— Je ne peux rien dire dans ce groupe, de toute façon, termina Rolland, vexé.

— Mais, mon Rolland, tu ne vois pas qu'on te taquine ? Tu ne marches pas, tu cours ! prononça Valérie avec sa douce voix suave qui fit rire ses comparses.

Je le trouvais très agité ces derniers temps.

Je ne le connaissais pas sous cet aspect, il était très agacé. Il pinçait régulièrement les lèvres, exprimant une moue désappointée. Il parlait vite, en étant parfois agressif sans qu'il y ait une raison particulière, tout au long du repas. Il me donnait l'impression d'un faux calme, prêt à bondir sur sa proie. Je passerai le voir dans la semaine pour discuter avec lui de sa vie personnelle qui était une source d'échecs permanente. Très introverti, il était d'une timidité maladive, mais n'en laissait rien paraître. Il me l'avait confié un jour, l'alcool aidant, il m'avait fait cette révélation. Il n'en avait jamais reparlé depuis, niant même, parfois, cette discussion. Il avait abordé son enfance, mais tout était confus, incompréhensible et il me répétait qu'un jour, il serait le meilleur et qu'il irait lui dire, qu'il lui demanderait son pardon pour toutes les souffrances qu'il avait subies dans son enfance. Il ne m'avait jamais dit le nom de cette personne, mais je supposais qu'il me parlait de son père. Par la suite, il avait toujours nié cette conversation en me certifiant qu'il s'entendait à merveille avec lui, mais je n'en croyais pas un mot !

Il était presque deux heures du matin et chacun commençait à donner des signes de fatigue. Après s'être tous chaleureusement embrassés, chacun regagna sa demeure après avoir aidé à ranger notre cuisine.

— On a passé une excellente soirée, Valérie, affirmai-je en prenant mon verre.

— Oui, c'était très agréable. Cela faisait longtemps que je n'avais passé un moment si plaisant et sympathique avec nos amis. J'aime ces soirées où l'on parle de tout. Tu étais songeur ce soir. À quoi pensais-tu ?

— À rien, Valérie !

— Mouais, vous, les hommes, ne pensez jamais à rien quand on vous le demande !

— Comment ça, les hommes ? Un ne te suffit pas ? J'ai juste trouvé Rolland nerveux ce soir, pas toi ?

— Maintenant que tu me le dis, c'est vrai que je l'ai trouvé tracassé, confirma Valérie.

— Il aimerait que Natasha s'intéresse à lui, mais elle le voit plus comme un patron que comme un petit ami, répondis-je d'un air peu sûr.

— Natasha ne s'intéresse pas à ce type d'homme. Ce n'est pas du tout son style. Elle les aime métissés, actifs et surtout danseur de salsa, affirma Valérie.

— Je pense qu'il n'a aucune chance avec elle et c'est bien ce qui m'ennuie. J'irai le voir pour lui parler, il m'inquiète vraiment !

— Tu as raison, Frédéric, répondit Valérie.

— Va te reposer, je vais terminer de ranger. Je te rejoins dans la chambre, dis-je en lui enlaçant la taille, caressant son ventre arrondi.

— Mmmm, c'est gentil, je suis épuisée. À tout de suite, affirma Valérie.

Après avoir fini, je bus un dernier cognac en lisant un petit poème que j'avais retrouvé et rédigé en faveur de la Croix- Rouge sur la guerre en Yougoslavie. Je préparais un recueil de poésie. Je sélectionnais des poèmes que j'avais écrits depuis mon enfance pour tenter de raconter une histoire. C'était un vieux projet et un travail fastidieux. J'en avais rédigé des centaines, la poésie m'avait permis d'entretenir ma créativité. C'était une autre façon d'écrire et cela me détendait, je voulais lui rendre hommage. Je le relus à haute voix comme pour me convaincre d'aller au bout de ce travail qui me tenait à cœur. Je le trouvais toujours d'actualité, à mon grand regret. Peu importait le pays dévasté par la guerre, il y avait les mêmes souffrances, les mêmes douleurs, les mêmes dérives humaines. Il en restait une dizaine à trouver et mon recueil serait terminé, depuis trois années que je travaillais dessus.

Je rejoignis dans la chambre Valérie qui s'était endormie à la lumière de sa lampe de chevet. Je l'éteignis et allai m'allonger à côté d'elle pour alléger mon cœur, ces poèmes me rappelaient des souvenirs lointains remontant à mon enfance. Les semaines qui suivirent furent du pur bonheur.

Valérie arrivait pratiquement à son terme. Le 7 août, elle perdit les eaux en plein milieu de l'après-midi en lisant son *Paris Match.* Des contractions commencèrent à arriver pendant le trajet en voiture pour se rendre à l'hôpital. Elle se crispait de plus en plus, tenant son ventre de plus en plus fort.

— Il faut te dépêcher, j'ai mal, Frédéric, dit-elle en m'agrippant le bras.

— Il faut que tu tiennes et que tu respires. Il y a beaucoup trop de circulation, répondis-je en serrant le volant de mon Audi blanche. On est à dix minutes, Valérie, lui dis- je, le regard inquiet. Calme-toi, on arrive ! Le bébé, tu le sens arriver ? demandai-je, hésitant Tu as l'impression que je fais du vélo ? répondit-elle avec colère. Elle respirait de plus en plus fort en soufflant par petits à-coups.

— On y est !

Je sortis en trombe de la voiture pour me précipiter à l'entrée des urgences et me jetai sur la première infirmière.

— Ma femme va accoucher dans la voiture, aidez-moi, s'il vous plaît !

L'infirmière appela ses collègues qui se précipitèrent avec un chariot jusqu'à la voiture. Valérie respirait toujours intensément. Ils l'allongèrent avec beaucoup de précautions avant de l'emmener dans l'une des salles pour l'accouchement. Le travail était avancé et le col était très ouvert. L'enfant allait naître dans les prochaines minutes. L'infirmière effectua un touché et senti le crâne de l'enfant arriver. Le médecin rentra dans la salle sous les hurlements de Valérie qui poussait pour faire sortir le bébé. Un des infirmiers m'avait demandé d'attendre dans la salle d'attente et j'entendais crier sans rien pouvoir faire. Une mamie qui se trouvait à proximité de moi me tapota le bras.

— Tout va bien se passer, monsieur, ça va être un très beau bébé, détendez-vous, me dit-elle d'une petite voix fluette tout en reposant sa main sur son genou.

— Je sais, répondis-je d'une voix hésitante.

Ma vie allait basculer dans l'inconnu et dans le fond, j'étais effrayé, mais impatient de sauter dans le vide.

Elle se mit à sourire puis à rire de bon cœur, cela me détendit l'esprit. Son rire était très communicatif et je levai les yeux sur la salle pour la première fois. Tout le monde avait le regard braqué sur moi, certains étaient dans des états graves. Je me sentis ridicule et me mis à rire, accompagnant cette vieille femme.

— C'est une fille, le médecin nous l'a dit.

— C'est votre premier enfant ? Comment allez-vous l'appeler ? Vous lui avez trouvé un prénom ? demanda la vieille femme.

— Je vais proposer à ma femme de l'appeler Élodie. C'était notre troisième choix, mais je crois que ça va lui plaire.

— C'est un très joli prénom, confirma la mamie. Les pleurs d'un bébé stoppèrent nos rires.

— Vous voyez, le bébé est bien arrivé, répéta la mamie.

Un infirmier m'appela par mon nom. Je me levai, saluai cette vieille dame pour suivre l'infirmier.

— Madame Flotin, il faut retourner dans votre chambre maintenant, le médecin passera vous voir, dit-il en me tenant la porte pour me laisser passer tout en parlant à la vieille dame qui se tenait à côté de moi.

— Oui, oui, bien sûr ! répondit-elle, le sourire aux lèvres.

— C'est une dame charmante, dis-je en suivant l'infirmier.

— Oui, je vous confirme. Malheureusement, elle n'a plus toute sa tête, elle a la maladie d'Alzheimer et sa famille l'a complètement abandonnée. C'est triste de laisser des personnes âgées mourir seules alors qu'elle a trois enfants. On vit une drôle d'époque, monsieur Revin, je vous le dis, répondit l'infirmier.

— Ce n'est pas possible ! répondis-je, interloqué.

— Si, croyez-moi, on voit passer de drôles de choses à l'hôpital. En tout cas, vous avez une magnifique petite fille. Je vous rassure, tout va bien ! La maman a repris ses esprits, elle vous attend. Mettez cette blouse, ces chaussons, ce masque et vous pourrez entrer. Félicitations, papa, annonça l'infirmier tout en me donnant une tape amicale dans le dos.

Je devins tout rouge et tout fier d'avoir une petite fille. J'enfilai rapidement ma blouse verte puis entrai, impatient de découvrir mon enfant. Je me précipitai à côté de Valérie qui tenait notre bébé posé sur sa poitrine, la tête sur le côté, les yeux fermés.

— Elle est magnifique, dis-je tout en embrassant Valérie et en effleurant à peine, de peur de lui briser un os, la peau de ma petite fille.

Je me mis à pleurer, l'émotion était trop forte. Elle était montée d'un seul coup, je laissai couler mes larmes sans les retenir.

— Oui, elle est belle, répondit Valérie en me prenant la main affectueusement. Comment veux-tu qu'on l'appelle ?

— Élodie, répondis-je sans hésiter.

— Élodie, c'est un joli prénom ! Qu'en penses-tu, ma fille ? dit-elle en lui caressant la joue avec son index.

Je les serrai toutes les deux dans mes bras en ayant un frisson dans le dos. On resta un petit moment sans rien faire avant qu'un médecin ne vienne contrôler l'état de Valérie et d'Élodie. Je compris bien plus tard que cette naissance avait réveillé ma propre enfance et celles de mes ancêtres, un nouveau cycle invisible venait de débuter.

TROIS HEURES DU MATIN

Pratiquement trois années étaient passées sans qu'une ombre ne vienne voiler l'horizon. J'avais consacré toute mon énergie à ma petite famille et avais mis de côté l'écriture pour apporter du bonheur et de l'amour à notre quotidien. Élodie avait grandi, elle marchait, courait et attrapait tout ce qu'elle pouvait pour mettre des objets dans sa bouche. On devait constamment la surveiller et veiller à ce qu'elle ne fasse pas trop de bêtises. C'était une petite aventurière pleine d'énergie. Ses petits yeux verts et sa tête blonde lui donnaient une expression angélique. Cela nous faisait parfois céder lorsqu'elle pleurait ou faisait des caprices pour obtenir quelque chose. Elle avait déjà un petit caractère bien trempé. Valérie avait finalement pris une année sabbatique pour s'occuper de notre fille à plein temps, car nous avions les moyens de le faire. De mon côté, je faisais un mi-temps chez Rolland, travaillant à corriger et à évaluer les manuscrits. Cela me laissait du temps pour m'occuper de ma famille et écrire le troisième roman que j'avais prévu de faire éditer. Mon deuxième livre avait été un fiasco total, il s'était beaucoup moins vendu et j'avais heureusement bénéficié de la bonne réputation du premier pour limiter les pertes sèches. Les critiques avaient été sans nuances sur mon écriture, mon intrigue et sur la qualité des personnages, j'avais déchanté ! Rolland avait beaucoup investi et il peinait à rentrer dans ses frais. J'en parlais peu, mais ce deuxième livre était un véritable échec pour moi. Je n'osais même plus regarder la couverture, honteux d'avoir produit un tel gâchis. Je m'étais laissé glisser dans une voie sans issue, il me rappelait une période trop sombre à mon esprit. Les critiques parlaient d'un roman digne d'un torchon de cuisine, insinuant que je n'avais pas pu écrire un premier livre aussi magnifique. Rolland m'avait protégé et répondu à toutes les critiques. Il m'avait même avancé les droits du troisième pour m'encourager à ne rien lâcher et à me relancer immédiatement sur un autre projet. Je devais avouer que ce livre avait été écrit au pire de mes mauvais délires, pendant une période où la drogue et l'alcool coulaient à flots.

Ma situation financière avait singulièrement diminué malgré les avances de mon éditeur, il fallait que je me prenne en main sérieusement. Je devais écrire ! De son côté, ma femme reprendrait le travail dans six mois, elle en avait envie et nous avions trouvé une crèche à proximité de chez nous. C'était l'idéal.

En ce qui me concernait, j'avais beaucoup de mal à écrire et n'avais plus les mêmes sensations que pour mon premier roman. Aujourd'hui, mon écriture était fade et sans saveur. Je balançais de gros clichés sur les pages blanches que je déchirais dans la foulée. Je n'avais même pas osé envoyer les premiers jets à Rolland, trop honteux de ce que j'avais produit. J'étais pourtant heureux en famille, sportif, avec plein de perspectives positives. Mais mon esprit fonctionnait au ralenti, il lui fallait des doses pour reprendre sa créativité. Je l'avais éduqué dans le sens où il fallait de l'alcool, de la drogue, pour stimuler son imagination. Ce que j'avais combattu pendant des années ne referait pas surface, je me l'étais promis, mais les vieux démons avaient la vie dure.

Manquer d'inspiration était le pire mal que je pouvais ressentir, je me sentais vide, incapable de produire trois lignes ou d'exprimer les émotions d'un personnage imaginaire. J'avais le sentiment que je devais tout réapprendre, me faire confiance, et chercher au plus profond de moi des ressources cachées.

Chaque jour, je me forçais à écrire quelques phrases sur mes pensées ou sur ce que je voyais dans la rue tout en promenant ma fille, Élodie. De simples mots posés sur mon cahier de poche, un pense-bête pour des titres, des idées, une situation à imaginer dans mon livre. Par moment, sans savoir comment, j'arrivais à me connecter à ma source d'information intuitive et ma main devenait plus fluide, mais l'inspiration était éphémère et trop courte pour ajouter ne serait-ce qu'un chapitre à une histoire. Mon cœur se pinçait dès que je commençais à m'attarder sur ma feuille blanche. Je me déconnectais de ma créativité comme le ferait un ordinateur dans sa mise en veille automatique. J'avais perdu le chemin de ma créativité. C'était difficile à accepter. J'étais devenu impatient !

Mon premier livre avait eu un succès fulgurant. Je me rappelais encore cette sensation d'être guidé pendant l'écriture. Les pages défilaient sans aucune difficulté, je ressentais une énergie électrisante tout autour de moi. C'était très agréable, les phrases fusaient de mon esprit sans aucun effort. Je me sentais libre, j'avais la sensation de voyager intérieurement tout en exprimant mes sentiments et donnant vie à mes personnages. C'était très plaisant d'avoir cette liberté de créer. Elle permettait à mon esprit de voguer, de voyager sur des terres inconnues, d'être un réceptacle et d'exprimer la richesse créatrice. Je ne ressentais que du bonheur en écrivant, je n'hésitais pas à me réécrire s'il le fallait, ne doutant pas de moi ni de mon travail jusqu'à ce que je sois satisfait, je devenais nostalgique de cette époque !

Je ressentais de la solitude dans mon métier, mais une émotion de partage envers les autres m'animait et l'emportait sur tout. Je livrais une parcelle de mon être en m'ouvrant, parfois à cœur ouvert, je décrivais des mots d'amours, des rancœurs, de l'amertume, du bonheur en les projetant dans mes personnages imaginés, c'était magique ! Était-ce une parcelle de moi ? Ou un simple reflet de ma vision sur mon environnement ? Je devenais paranoïaque ! Mon esprit vagabondait, je sautais d'une idée à une autre sans logique ni cohérence, je n'arrivais plus à me concentrer dix minutes sans cogiter à un autre chapitre, voire à illustrer ma page de couverture ou à ce que les gens allaient en penser. Mon mental m'emmenait dans tous les sens sans me laisser le moindre répit. Mon cerveau rationnel se battait régulièrement avec son opposé créatif, il ne me laissait pas le temps de respirer. Même mon corps était à son image, il réagissait avec violence pour avoir la primeur d'exprimer ses propres maux. Je tombais malade plus facilement, je boitais légèrement, mon ventre gonflait sans raison apparente, je respirais difficilement, il comblait une place laissée par un vide. Mon corps s'opposait à mes pensées, il luttait pour que je comprenne, tout cela était trop subtil pour mon esprit rationnel. Pourquoi la vie n'était-elle pas aussi simple ? Pourquoi mon cerveau n'arrêtait-il pas de penser ?

Il n'y avait que les enfants qui se posaient peu de questions, ils faisaient les choses sans réfléchir, sans filtre, sans prérequis. Je le voyais en observant ma fille, c'était unique ! Je ne comprenais pas pourquoi nous perdions un tel pouvoir en grandissant. Notre âme d'enfant était pourtant le cœur de notre être. Nous étions happés dans une société moderne, superficielle, où l'apparence régnait en maître. On exprimait sa position sociale, sa réussite, au travers de ses biens matériels ou de ses amis. Moi, je devenais de plus en plus marginal. Il y avait peu de place finalement pour la différence ou l'originalité. Il fallait être dans une case ou une classe collective jugée correcte. Souvent, on collait une étiquette avec une plus ou moins bonne réputation. J'apparaissais dans un magazine people, avec une phrase sortie de son contexte, puis tout cela fusait à fond dans les réseaux sociaux. Tout allait décidément très vite et il fallait être connecté pour suivre le mouvement du monde. On devenait une société de surconsommation. Je me sentais largué !

Je regrettai parfois de ne pas avoir vécu au siècle de Victor Hugo où l'expression et l'art exprimaient des valeurs universelles et humanistes. Je devenais rétro ! Cependant, j'étais comme tout le monde, je devais bien le reconnaître, avec mon bel appartement huppé, mon Audi Q5, mon téléphone Apple, mon ordinateur, ma tablette, mes cinq mails avec mes comptes Facebook, Twiter, Instagram, Linkedin, Viadeo et j'en oubliais. J'avais aussi cinq adresses mails professionnelles et personnelles et un carnet pour noter tous mes codes… À cela s'ajoutaient mes codes banques, mes codes pour aller au boulot, mes codes de cartes bleues… j'étais devenu un chiffre parmi les chiffres. Je poussais le conformisme jusqu'à faire semblant de ne pas m'en rendre compte ! Je contribuais et je participais à cette joie collective de mieux communiquer dans le présent. Je me demandais quelle était la différence entre une vache marquée pour le traçage du bétail et moi avec mon numéro de carte d'identité… Mais j'étais un Homme intelligent, contrairement aux vaches. Il ne fallait pas l'oublier !

Je recevais aussi des livres sur le bien-être, la méditation, sur « comment prendre le temps de vivre le moment présent », sur la préconisation de telles méthodes douces pour apaiser l'esprit. De plus en plus de conférences, de séminaires vantaient toutes ces pratiques, qu'elles soient spirituelles ou religieuses. Je vivais un vrai paradoxe entre ma vie matérielle et ma vie spirituelle. Je ne savais plus où regarder et la force d'internet me noyait sous un flot d'informations, ne sachant plus à qui me fier. Cela ne me donnait aucune méthode pour que je puisse avoir confiance en moi. Je me sentais seul !

Il fallait que j'arrête et que je calme mon esprit.

J'avais envie d'être un révolutionnaire pour sortir de ces normes sociétales. Je voulais pousser un hurlement sur la ville pour réveiller ces âmes endormies. Et si je le faisais ?

Je devais juste me concentrer sur l'écriture. Il était trois heures du matin.

Seule la pleine lune illuminait le ciel de Paris, étrangement calme cette nuit. Je n'entendais aucune voiture dans la rue en contrebas. Les poutres en bois de mon plafond craquaient, donnant une ambiance angoissante. Un être invisible se cachait-il dans les recoins de mon appartement ?

Cela faisait quatre bonnes heures que j'étais assis dans ce canapé, Valérie était allée se coucher à vingt-trois heures et j'avais passé l'essentiel de mon temps à regarder le mur blanc face à moi. Je n'avais écrit qu'une dizaine de phrases. Le reste de mon cahier était rempli de ratures et de grandes rayures que je commentais comme un prof dans la marge avec des mots tels que « redites, nul, cliché, bien, à reformuler »… C'était la méthode de relecture que j'avais apprise plus jeune. Il fallait prendre de la hauteur et trancher dans le vif de ses écrits pour sortir un texte correct. L'esprit avait souvent tendance à s'autocongratuler par fainéantise ou par narcissisme pour cet excellent travail. C'était la partie la plus fastidieuse et la plus difficile pour moi. Il fallait accepter d'éliminer parfois des chapitres entiers que j'avais écrits pendant plusieurs nuits puis venait la phase du comité de lecture où j'avais souvent l'impression que je devais tout reprendre, mais la critique et l'autocritique étaient nécessaires à la réussite d'un livre. J'avais scrupuleusement suivi cette méthode et cela avait été un succès pour mon premier livre. Je me levai pour me resservir un café et tournai inlassablement autour de mon canapé légèrement éclairé. Je n'avais aucune inspiration et cela faisait presque deux ans que je n'avais plus rien écrit de correct. Je lisais pourtant plein de manuscrits, je corrigeais de jeunes auteurs en leur apportant conseils et astuces que j'étais incapable d'appliquer. Je vivais un vrai blocage, la feuille blanche de l'écrivain ! Je devais réapprendre à me détendre, j'avais perdu le fil de ma créativité.

En fait, j'avais l'impression d'être dans un marécage. À chaque pas, je m'enfonçais un peu plus et avancer représentait un effort surhumain. J'étais entouré de moustiques, de prédateurs et de mauvaises odeurs envahissaient mes narines. Chaque mouvement dans l'eau boueuse était suspect et je m'attendais à voir surgir un alligator pour me dévorer une jambe. J'étais au fond du trou et mon esprit se complaisait dans cet état moribond. C'était tellement facile à entretenir ! J'étais pourtant proche d'un palétuvier, cherchant du bout du pied une racine pour me donner une impulsion et retrouver ma liberté. Plus je me débattais, plus je m'enfonçais inexorablement dans le fond boueux de mon esprit.

Puis, basculant sur autre pensée, je me demandai si je ne devais pas aller voir un psychologue pour partager mes états d'âme, mais j'étais trop fier pour le faire et trop peureux du jugement des autres. En fait, j'étais peut-être un peu lâche !

Une heure de plus était passée et je m'étais assis au

fond du canapé en délaissant totalement ma feuille et mon stylo. J'avais les mains posées sur mes genoux, cherchant de l'air pour vider ma poitrine oppressée. J'avais les mâchoires serrées et les muscles de mon cou et de mes épaules me faisaient souffrir. Je sentais le bas de mon dos se tendre de chaque côté de mon sacrum, des boules de muscles se formant le long de ma colonne vertébrale. Mon corps était comme un écho répondant à mes pensées, à ma façon d'agir au quotidien. Il m'invitait maintenant à me détendre, à changer de comportement, mais je ne faisais rien. C'était moi qui décidais et pas mon corps ! Mon ventre avait doublé de volume cette nuit et le café me faisait avoir des spasmes, me rappelant de m'exécuter à suivre ses conseils. La lutte était inégale. Je me battais contre mon corps, mon esprit et mon mental. Je devenais fou !

J'étais pourtant un être intelligent. Mais je ne comprenais pas le malin plaisir que je prenais à entretenir cet état d'esprit. Il faut dire que cela ne me demandait aucun effort particulier. J'étais dans ma zone de confort. C'était même plus facile d'entretenir cet état négatif et d'être égoïste. Je flirtais avec le mensonge dans une valse à trois temps, je ne devais pas lâcher ce partenaire invisible. Je m'enfonçais jusqu'aux hanches dans mon marécage imaginaire.

Je trouvais toujours des causes et des responsables pour tous mes maux. J'arrivais à me convaincre que je subissais une véritable charia de mon entourage, de ma femme, de mes amis. Je me comportais en victime, en bourreau et mon esprit adorait ça. Cela permettait de fuir ma propre réalité, la peur au ventre. Je découvrais une nouvelle addiction, un nouvel adversaire que je pouvais combattre sans fin ! Une lutte où la bataille ferait rage, j'étais prêt à m'autopunir en cas de défaite ! Cela devenait affligeant !

J'imaginais toutes sortes de scénarios, me donnant dix mille raisons que les autres avaient tort, qu'ils ne comprenaient rien et surtout je me faisais croire qu'ils voulaient diriger ma vie. Pendant ce temps-là, j'avais le sentiment de vivre, je pouvais me consacrer à mes futilités en les balayant d'un revers de la main. Je prenais du plaisir à juger et à donner des leçons, n'acceptant plus les différences. Je perdais confiance en moi. Je m'enfonçais jusqu'à la poitrine, un peu plus profondément, dans ma mare nauséabonde. Je devenais insolent !

Mais rien n'y faisait, j'aimais me plaindre, m'apitoyer sur mon propre sort, je le disais à qui voulait l'entendre. Mon mental avait encore vagabondé toute la nuit. Il fallait que je trouve une solution pour sortir de ce marasme créatif. Même le sport que je pratiquais régulièrement n'avait pas su motiver mon corps. Il fallait que je trouve une clé pour arrêter de penser continuellement. Je ne voulais plus replonger physiquement et intellectuellement dans un état moribond. Mon cerveau s'était enrayé, je n'arrivais plus à changer de mélodie.

J'avais perdu mon code d'accès, pensais-je en souriant. Peut-être étions-nous des digicodes ambulants ? À la recherche de nos mémoires pour les épurer ? Je sortis de ma torpeur ubuesque et me levai pour aller m'asseoir à mon bureau. Ma feuille et mon crayon n'avaient pas bougé d'un pouce, il était cinq heures du matin. J'avais encore passé une nuit à ne rien produire. Valérie ne serait pas contente, mais ne dirait rien. Je le ressentais, je savais qu'elle m'accompagnerait encore une fois dans ces moments difficiles, je m'enfonçais un peu plus, la tête sortant à peine, au-dessus de mon marécage noirâtre. Il était peut-être temps de me reconvertir et d'avoir un autre métier. Cette pensée m'affecta immédiatement, je faisais fausse route. Il me restait un mois pour rendre à Rolland, mon éditeur, mon projet d'écriture. Je n'avais rien produit !

Les premiers rayons du soleil pointaient sur Paris et cette nuit blanche me laissa songeur. Je m'étais encore laissé envahir par mes pensées en leur donnant de la force et en les nourrissant pour ne pas écrire. Mon mental gagnait beaucoup de batailles, il se sentait fort. Il faut dire qu'il me tenait en laisse, et, tel un chien qu'on accompagne pour uriner dans un parc, j'étais obéissant ! Il ne laissait aucun répit au silence et au calme. Je ne me souvenais plus quand j'avais vécu un moment de sérénité. J'étais devenu l'esclave de mon propre ego. Qui était-il pour me donner ses idées, ses conseils, ses ordres ? Moi ? Je doutais et je n'étais plus maître de ma propre vie.

Je me reprendrai et je redonnerai un sens à ma vie, me dis-je en me le promettant intérieurement. Je ne voulais plus me laisser envahir par toutes ces pensées que j'entretenais pour des raisons que j'avais oubliées.

Je m'étais laissé vaincre par mes propres illusions et cela déstabilisait mes repères, et c'était hors de question !

Le marécage disparut instantanément et je pris mon stylo pour écrire. Il était presque huit heures du matin quand j'entendis Élodie pleurer. Le jour s'était levé, faisant place à une nouvelle journée. Je fermai mon cahier instinctivement en y joignant mes mensonges et mes illusions dans une fuite en avant. J'avais à peine réussi à écrire une page. Je me levai pour préparer son biberon et la pris dans mes bras pour l'emmener dans le salon pour ne pas réveiller Valérie qui dormait encore. Élodie se jeta sur la tétine et avala le biberon en quelques minutes. Elle le lâcha et se mit à galoper dans le salon à la recherche d'un objet à croquer. Notre vie avait bien changé depuis sa naissance. Nous commencions depuis quelques mois à reprendre nos marques et sortir avec nos amis. Les cours de salsa fonctionnaient bien et on s'éclatait à danser deux bonnes heures chaque semaine. On avait eu la chance de trouver une jeune étudiante habitant le même immeuble que nous et qui voulait se faire de l'argent de poche pour ses sorties et ses cadeaux. Elle était sérieuse et dévouée à notre fille.

J'entendis Valérie se lever et se diriger vers la douche. Je préparai le café, les toasts avec le beurre, la confiture et dressai la table pour notre petit déjeuner. C'était un moment convivial que nous aimions partager tous les deux ces dernières années. Il se finissait assez régulièrement par un câlin avant d'attaquer la nouvelle journée.

— Bonjour, chérie, tu as bien dormi ? lui demandai-je en lui tendant une tasse de café.

— Oui, excellemment et pour une fois, d'une traite, sans le moindre cauchemar, me répondit-elle.

Et toi, tu as bien écrit cette nuit ? demanda-t-elle en m'enlaçant le cou, pleine de tendresse.

— Oui, et devine combien de pages j'ai écrit cette nuit, chérie ? Une cinquantaine d'un seul trait, je n'ai pas été aussi inspiré depuis des mois, lui répondis-je, le regard plein d'assurance, une boule se formant au plexus.

— Je suis fière de toi, ça va être un super livre. Je suis sûre qu'il va aussi bien marcher que le premier et qu'il va devenir un succès mondial, dit-elle avec un grand sourire.

Une seconde boule invisible se forma au niveau de ma gorge.

— Si j'écris comme cela toutes les nuits, c'est certain !

Répondis-je en baissant les yeux.

— Mmmooui, je t'aime, Frédéric. Tu le sais ? dit-elle en me prenant le menton pour que je la regarde dans les yeux.

— Oui, je le sais et je t'aime aussi ! répondis-je en l'embrassant.

— On part en vacances cette année ? demanda Valérie.

— Au bout du monde, répondis-je du tac au tac tout en maintenant le suspens, trop heureux de changer de sujet.

— Comment ça ? me demanda Valérie, interloquée.

— Tu te souviens de mon pote à l'armée avec qui j'avais sympathisé ?

— Oui, Pierre. Il habite où ? répondit-elle.

— Devine ? répondis-je, la biscotte à la main.

— Je ne sais pas ! Réponds-moi purée de pommes de terre ! fit-elle sur le ton de la colère et de l'impatience.

— À Nouméa !

— C'est où déjà Nouméa ?

— En Nouvelle-Calédonie, à vingt-deux mille kilomètres d'ici, une île française entre l'Australie et la Nouvelle-Zélande ! Et au retour, on s'arrête à Sydney pour voir l'opéra comme tu en rêves depuis toujours, répondis-je, le sourire aux lèvres.

— Super surprise, mon chéri ! Merci, dit-elle, les larmes aux yeux.

Elle partit finir de se préparer, trop heureuse d'apprendre ce voyage inattendu.

Il fallait maintenant que je travaille sérieusement sur mon livre, car mes petits mensonges ne tiendraient pas longtemps, j'en étais persuadé !

Mon intuition me donna raison. À mon grand désespoir, les choses ne se passèrent pas exactement comme je l'aurais voulu !

L'ÎLE DE LUMIÈRE

Quelques mois de plus étaient passés depuis mon annonce de nos vacances en Nouvelle-Calédonie. On profitait de ce temps pour faire des recherches, réserver des hôtels et affiner notre programme pour les trois semaines hors de notre domicile. J'avais pris contact avec Bertrand, un ami, pour lui demander de rencontrer quelques auteurs calédoniens, nos échanges par mail étaient très prometteurs. Mon pote de l'armée, Pierre, nous attendait impatiemment, il nous avait déjà organisé tout un périple autour de l'île. Les vacances nous feraient du bien, elles permettraient de nous ressourcer et de retrouver le chemin de la créativité que j'avais perdu depuis un bon moment. Je n'osais toujours pas aborder le sujet avec Valérie. Je lui mentais sournoisement de peur de devoir affronter son regard et ses interrogations. Je n'écrivais plus rien depuis trois mois. Je passais des nuits blanches dans le canapé du salon à errer dans le labyrinthe de mon esprit. Je tenais Rolland hors de portée, promettant de lui rendre mon travail à mon retour. Il me souriait en me disant qu'il n'y avait aucun problème et que l'on était dans les délais. Il me restait moins d'un mois et je me jurais de m'y mettre. Mon comportement me rendait de plus en plus nerveux. Je me mentais de plus en plus, je mentais à ma femme, à mes amis, me persuadant que cela était ma réalité. Je n'avais aucun doute sauf quand j'ouvrais mon cahier d'écriture, me rendant compte de mes gribouillages et de mes pages blanches désespérément vides. Mon cahier me renvoyait tel un miroir mon silence et mon indolence, dans lesquels je m'étais emmuré. Je creusais insidieusement ma propre tombe, je devenais faible !

J'avais passé l'après-midi à la maison d'édition à corriger un manuscrit. Je trouvais, en y repensant, qu'il y avait moins d'activité et je pouvais entendre Rolland réprimander une personne au téléphone. Deux bureaux vidés coup sur coup m'interloquaient, je me demandais les raisons de ces départs sans avoir de réponses précises. Il m'expliqua vaguement qu'elles partaient chez un concurrent en emportant des données et des contacts importants pour sa société. Furieux et en colère contre ces personnes, Rolland devenait très nerveux. Les employés étaient moins avenants au bureau, même la cafeteria restait souvent vide. Les visages étaient fermés et les gens ne parlaient plus lorsque je les rejoignais. Moins sympathiques qu'au départ, je ne comprenais pas cette attitude blessante alors que je n'avais rien fait. Une collègue m'informa du bout des lèvres que tous les employés avaient de plus en plus peur des réactions de Rolland, cela me laissait songeur. Il se passait des choses et je n'étais au courant de rien, c'était évident ! Il était devenu colérique et méprisant en quelques mois. J'avais le sentiment de voir une personne au bord du précipice, prête à se jeter dans un dernier hurlement. Il bouillonnait, mais ne s'exprimait jamais, tout allait toujours très bien chez lui quand on le lui demandait. Il souriait, restait courtois, mais je ressentais que tout était calculé, voulu, et j'avais beaucoup de mal à le prendre en défaut dans son jeu. Il maîtrisait son apparence et prenait toujours grand soin à ne pas me heurter.

Il me restait deux jours avant de décoller au bout du monde avec ma petite famille. Mon premier livre se vendait encore, mais mes revenus avaient considérablement baissé. Rolland me donnait peu d'explications et me disait que tout cela était en adéquation avec mon contrat. Il esquivait régulièrement le sujet à chaque fois que je voulais l'aborder en détail. Cependant, il m'avait fait l'avance sans rechigner pour mon troisième livre qui me finançait les billets d'avion et le voyage. Il me restait un peu d'argent sur mon compte épargne, mais il fallait que je sois vigilant. À notre retour de vacances, je me promis d'en parler à Valérie pour qu'on revoie nos dépenses et notre train de vie. Je ne voulais pas qu'elle se tracasse la veille du départ.

***

De son côté, enfermé dans son bureau, Rolland regardait avec colère ses relevés de compte, acculé et au bord de la faillite. Il s'était surendetté pour permettre à un auteur, Frédéric Revin, de faire fortune. Tous ses autres choix littéraires n'avaient été que des erreurs de débutant. Son père l'humilierait pour ce nouvel échec comme il le faisait depuis sa naissance. Pourtant, il lui avait prêté de l'argent pour acheter sa maison d'édition tout en lui prédisant qu'il ne tiendrait pas des années sans l'appeler à l'aide et qu'il n'était, de toutes les façons, doué pour rien. Une « erreur de la nature », avait-il l'habitude de le surnommer devant le portrait de sa mère, morte en lui donnant la vie. Rolland ne lui donnerait pas raison encore une fois même si sa famille était millionnaire. Il avait donc conquis l'amitié de Frédéric, il l'encourageait dans ses mauvais choix de manière subtile, tout en le maternant de temps en temps. Il l'amadouait avec des mots doux, finançait des voyages hors de prix en veillant à son bien-être et en le plaçant avec des connaissances ayant les mêmes penchants que lui.

Il l'avait indubitablement trompé dans son contrat d'édition. Frédéric était arrivé ivre ce jour-là et avait signé sans même le lire, il stipulait que les droits de son premier livre seraient rétrocédés à la maison d'édition dès les avances faites pour son troisième livre. La date fatidique approchait, Rolland pourrait relancer cet écrit sur le marché asiatique qu'il bloquait volontairement. Il voyait déjà les millions de dollars arriver sur ses comptes en banque, tout était légal, c'était une donation pure et entière. Son troisième roman était signé sur la même base et bientôt, malgré les avances, il récupérerait tout son l'argent sur la rétrocession des droits. Frédéric n'avait pas pris l'attache d'un juriste ou d'un avocat pour contrôler les actes juridiques. Rolland s'en réjouissait par avance, était aussi son agent, et la confiance qu'il avait en lui était sans limites.

Dans son bureau sombre, Rolland avait la rage en pensant à son père, qui l'avait maltraité toute sa vie. La pièce sentait la cigarette froide, des Gauloises sans filtre qu'il allumait l'une derrière l'autre. Ses doigts avaient jauni et ses dents devenaient noirâtres, il fumait depuis l'âge de quatorze ans. Il lui prouverait, à son père, qu'il était un vrai chef d'entreprise, aimé et respecté de tous. Mais Frédéric l'exaspérait, il méprisait sa fragilité, ses émotions, ses addictions, sa réussite, mais sa femme lui plaisait bien. Il fallait qu'il prenne soin d'elle. Cette pensée l'excita, il se frotta les deux mains à l'idée de la réconforter et de la séduire. Il se voyait déjà en elle…

Son puzzle se mettait en place doucement et ses vacances hors de Paris lui permettraient de régler les derniers détails de son plan diabolique. Il pourrait enfin se venger et dire à son père qu'il avait réussi ! Rolland souriait, assis confortablement sur son fauteuil en cuir derrière son bureau du XIXe siècle, tout en allumant une nouvelle cigarette. Il était temps de faire ressurgir cette petite vidéo hollandaise qui lui avait coûté deux mille euros à l'époque. Les étudiantes avaient eu besoin d'argent de poche et il aimait la regarder régulièrement. Ça l'excitait ! Il aimait investir dans des petits dossiers. Il allait maintenant faire bouger les lignes et bousculer Frédéric dans le néant où il aimait se complaire. Rolland avait trop souffert jeune en étant le souffre-douleur de son père. Il était temps de nommer un bouc émissaire et de montrer son vrai visage. La victime importait peu, seuls la vengeance et le plaisir d'humilier son père le motivaient. Il avait façonné ce plan machiavélique depuis des années, construisant son personnage, lui inventant des mimiques, des tics. Il préparait chacun des mots qu'il prononcerait dans la journée, griffonnant inlassablement son cahier d'écolier. Intégré socialement, la parole facile, il n'avait aucune difficulté à s'exprimer en public, il travaillait pour son intérêt personnel, n'hésitant à aucun moment à écarter ou écraser les personnes qui se mettaient au travers de son chemin, c'était un prédateur ! Cependant, Frédéric était sa cerise posée sur le gâteau, il voulait prendre le temps de le rabaisser, de l'humilier, de le faire douter de ses propres forces. C'était un cas d'étude qu'il appréciait, il aimait observer la nature humaine, enfin, ces êtres faibles et insignifiants qu'il méprisait, à l'image de son père. Frédéric avait entretenu son côté négatif, ses pensées sombres pendant des années, Rolland allait répondre à ses attentes en lui rendant au centuple !

La pensée est créatrice, pensa Rolland avec un sourire narquois ! Cela le mit de bonne humeur et il se leva pour aller le saluer dans le bureau qui se trouvait à l'opposé du sien.

— Salut, Fred, comment vas-tu ? Prêt pour ce voyage ? Combien de temps pour y aller ? demanda-t-il en tenant sa tasse de café.

— En pleine forme, on décolle après-demain et c'est parti pour vingt-deux heures d'avion, répondit Frédéric avec un sourire.

— Vingt-deux heures ! C'est super long ! s'exclama l'éditeur en levant les sourcils, surpris de la durée du voyage.

— Oui, mais ça nous fera une vraie coupure avec un arrêt à Sydney au retour pendant trois nuits. C'est le rêve de Valérie de se rendre à l'opéra.

— C'est quand exactement pour que je puisse suivre ton périple sur Facebook ? demanda Rolland.

— Dans vingt jours.

— Mmmm, sacrées vacances que vous faites ! dit-il, la bouche pincée.

— Et toi ? Tu vas où ?

— Je pense aller dans le Sud passer quelques jours puis j'irai en Espagne et au Portugal. J'aime ces pays, mentit Rolland.

— Tu ne me l'avais pas dit ! s'étonna Frédéric.

— Oui, je me suis décidé récemment. J'ai fait une petite rencontre sympathique qui m'a proposé de la rejoindre, si tu veux tout savoir, dit-il avec un clin d'œil complice.

— Ce n'est pas vrai ! C'est une superbe nouvelle pour toi s'exclama l'écrivain.

— Oui, mais chut ! Tu n'en parles pas encore !

— Pas de souci, c'est notre secret ! répondit-il. Et… tout va bien ici ? J'ai l'impression que c'est tendu au bureau ! Tu as des soucis ? ajouta-t-il en guettant sa réaction.

— Tu trouves que ça va mal ? dit Rolland en levant les yeux en l'air, surpris de cette question. Je te rassure, tout est parfait. L'argent rentre bien. On a un carnet de commandes bien rempli et ton prochain livre va être un succès, non ? Tu t'inquiètes parce que Christie et Caroline ont démissionné de leur poste ? C'est la vie d'une entreprise, il y a toujours des départs et des arrivées dans une société. Cela fait partie des aléas d'un manager. Tout est OK ! dit-il en lui tapant sur l'épaule pour le rassurer.

— Tant mieux. Et oui, mon livre va être un succès ! répondit Frédéric, soulagé.

— Bon, je dois te laisser, j'ai un rendez-vous extérieur. Tu me donnes des nouvelles de temps en temps. Bon, allez, viens que je te fasse la bise. Profite bien et embrasse Valérie de ma part. À bientôt ! dit-il tout en lui tapotant le dos amicalement avec ses deux mains.

— Salut, Rolland. Merci pour tout ce que tu fais pour moi ! C'est rare d'avoir des amis comme toi, répondit Frédéric en fermant ma porte.

Rolland marcha le long du couloir pour sortir de sa maison d'édition tout en pensant que Frédéric était vraiment devenu très con avec le temps. Il aimait son côté naïf ! Il monta dans son coupé Mercedes et se rendit dans le quartier de Montparnasse à la rencontre de Corinne, sa vieille amie d'enfance. Elle lui avait préparé tout un dossier sur leurs échanges, il ferait en sorte que Valérie le reçoive à son bureau par un mail anonyme à son retour de vacances. Jaloux de la réussite de Frédéric, il briserait sa vie et commencerait par son couple pour mieux se rapprocher d'elle. Il en avait plus qu'assez de ce couple modèle qui avait réussi grâce à son argent. Il prendrait la place de Frédéric en devenant un ami cher et dévoué auprès de Valérie, cette perspective l'excita !

***

Le vol jusqu'à Nouméa se déroula très bien, sans secousses ni turbulences. La première partie passa rapidement malgré les douze heures d'avion jusqu'à Osaka, au Japon. Élodie avait dormi la plupart du temps sous le vrombissement des moteurs. J'avais regardé trois films, marché de long en large dans les trois mètres carrés de la cabine arrière et bu une quantité de jus de tomate hallucinante. Nous étions heureux et Valérie dormait à poings fermés, comme la majorité des passagers. Nous n'étions que deux ou trois personnes à errer et à attendre que le temps passe.

On arriva à Osaka. On attendit plus de cinq heures au lieu des trois prévues, cela n'affola personne dans l'aéroport. Nous l'avons donc arpenté de long en large, il paraissait très petit, mais suffisant pour nous dégourdir les jambes avant les neuf heures de vol supplémentaires, durant lesquelles j'espérais dormir un peu. On fut vite réveillés par un bébé qui passa la moitié du temps à pleurer. Il devait être malade, les parents n'arrivaient pas à le calmer. Beaucoup de passagers étaient épuisés, on arriva enfin en Nouvelle-Calédonie, un samedi soir à vingt-deux heures. On descendit sur le tarmac pour longer l'avion et se rendre à la douane. Nous avions hâte de retrouver nos amis et de respirer l'air frais. Il faisait chaud et l'humidité, malgré la soirée, nous prit à la gorge. L'attente fut encore longue. Nos valises arrivèrent en dernier et nous fûmes, bien évidemment, contrôlés par les douanes, avec une fouille au corps et un dépouillage des valises. C'était mon tarif habituel chaque fois que je voyageais. Je devais peut-être correspondre à un profil type. Nous étions les derniers à sortir de l'aéroport, il était minuit trente.

Pierre nous accueillit à la porte d'arrivée, il n'avait pas changé en une quinzaine d'années. Aussi grand que moi avec une barbe épaisse, il avait des bouclettes brunes et des petites lunettes rondes qui lui donnaient un air de premier de la classe. Sa femme, enceinte, et leur fille étaient restées chez eux, attendant avec impatience. Il m'enlaça tendrement puis embrassa Valérie et Élodie. On monta rapidement dans son break Peugeot pour se rendre sur Nouméa. Nous étions à quarante-cinq minutes de la baie de l'Orphelinat où se trouvait son appartement.

La nuit avait été courte, je me levai à l'aurore pour voir le lever du soleil. L'appartement était idéalement situé avec une vue imprenable sur le lagon, à trois cent soixante degrés vers le mont Dore, une montagne se situant au sud de l'île. L'horizon et la mer, à hauteur de notre regard, nous apaisaient. Les oiseaux sifflotaient tout autour de la résidence dans des arbres aux fleurs rouges, jaunes pour d'autres, c'était magnifique. Le ciel se confondait avec le lagon et un horizon sans fin donnait envie de plonger dans cette piscine infinie aux dégradés de bleu et de vert.

Le léger vent de sud-ouest amenait une fraîcheur matinale. Valérie arriva discrètement, me passa les bras autour des épaules pour se raccrocher à ce moment figé dans le temps. Ce fut un instant magique dans cette maison endormie, nous commencions nos vacances avec un sentiment de quiétude. Cela ne dura que quelques minutes, mais il resta gravé dans ma mémoire, le temps n'existait plus ! Notre fille se mit à tousser et me fit sortir de ma léthargie. C'était la fin de ce moment de paix ! J'embrassai Valérie et me rendis dans notre chambre pour voir si tout allait bien.

La maison s'éveilla au rythme des enfants qui ouvraient les yeux naïvement sur une nouvelle journée. Autour d'un café et de viennoiseries abondantes, nous passâmes en revue le programme de la journée et de la semaine. Nous allions bien nous entendre, surtout que le feeling passait super bien avec Floria, la femme de Pierre. Elle avait une boulette à faire frémir les grands sportifs. C'était une petite brune hyperactive avec de jolis yeux marron. Sa petite fille, Anis, et la nôtre, du même âge, jouaient déjà ensemble à démonter toutes les poupées.

Quelques jours de plus passèrent. Nous avions arpenté l'anse Vata, la baie des Citrons, le centre-ville de Nouméa. Nous avions visité le fameux centre culturel Tjibaou dessiné par le célèbre architecte mondial Renzo Piano. Il était magnifique et nous avions passé un moment à regarder les expositions et les cases des grandes chefferies qui se trouvaient à l'extérieur. Il régnait un rythme particulier en Nouvelle-Calédonie. Le soleil, la chaleur et même le vent étaient différents. Les gens étaient plus agréables, plus conviviaux. Certains nous disaient bonjour sans nous connaître et répondaient toujours gentiment à toutes nos questions. Cela nous faisait drôle en comparaison de l'ambiance glaciale et solitaire qui pouvait régner à Paris. Nous nous étions pris au jeu en saluant tout le monde dans la rue et tous nous répondaient ! *La vie est bien ici*, pensaisje en m'allongeant sur une natte près des cocotiers et de la mer qui berçait ma sieste de l'après-midi à l'île aux Canards.

Mes rêves étaient agités ! Je courais sans cesse à la recherche de mon chemin. Plus je m'approchais de celui-ci, plus le croisement me paraissait s'éloigner.

Sur ma gauche, je voyais une rivière boueuse monter inlassablement. Mon souffle s'accélérait, je doublais ma cadence. Je m'arrêtai d'un seul coup, venant de faire un tour complet sur moi-même. En fait, je tournais en rond et l'eau de la rivière arrivait à mes pieds. Le chemin s'effaça, j'avais de l'eau à mi mollet. Je courais pour m'éloigner quand j'entendis derrière moi des poissons sortir de l'eau, ils étaient énormes. Je ne courais plus, je pêchais, mais aucun poisson ne s'accrochait à mon hameçon. Pire, des petits serpents sortaient et se rapprochaient pour me mordre. Je lâchai la canne et me mis à nager, je n'avais plus pied. Je nageais en me débattant avec mes bras et mes jambes. Mes mouvements étaient désordonnés et mes efforts étaient vains et perdus d'avance. Je coulais ! J'étouffais de plus en plus, sentant l'eau envahir ma poitrine en avalant ma première gorgée, mes yeux se fermèrent. Puis je basculai au milieu d'un arbre géant que j'avais vu plus tôt dans la matinée, un énorme banian dont les racines descendaient le long des branches pour atteindre la terre et former une prison naturelle. J'étais en son centre et les racines m'entouraient inexorablement, resserrant les liens et ne permettant plus aucun mouvement, j'entendis mon nom ! Au début, ce fut un simple chuchotement, mais celui-ci augmentait crescendo pour se terminer en hurlement. Je ne pouvais plus bouger, mes mains étaient emprisonnées. Une horde d'hommes se dirigeaient vers moi, ils étaient armés et voulaient me tuer.

L'image d'après, je fus projeté à l'intérieur d'une maison. Celle-ci était sombre et le sol était en terre battue. Elle ressemblait à une vieille ferme.

Tout paraissait ancien. Le papier peint était sale et déchiré par endroit. Je me tenais debout face à cet homme et cette femme que je ne connaissais pas, j'avais sept ans. Ils ne me voyaient pas et ils ne se parlaient pas. Par contre, je pouvais ressentir la peur de la jeune femme brune aux yeux bleus. L'homme tendit le bras et elle s'activa pour le resservir. Il posa violemment le verre en éclaboussant la jeune femme. J'étais finalement assis en bout de table, mais il ne me voyait toujours pas. J'étais invisible, j'observai cette scène de vie. L'homme se leva, tituba et alla s'asseoir sur son fauteuil à bascule. Au passage, il prit la bouteille, se mit à la boire au goulot, la finissant en quelques gorgés.

— Femme ! Une autre ! ordonna l'homme sans même jeter un regard sur elle.

Elle s'exécuta en laissant la vaisselle sale dans l'évier pour prendre une bouteille pleine qui se trouvait dans le meuble sur sa gauche. Elle se dépêcha de la tendre à son mari avec un verre en terre cuite. Elle lui tendit la bouteille et tourna les talons aussi secs pour repartir finir la vaisselle. Le verre passa à quelques centimètres de son visage et éclata en mille morceaux sur le mur en face d'elle. L'homme se leva, se mit à l'insulter tout en la bousculant, lui répétant des mots incompréhensibles, déchirant sa robe. La tête baissée, elle se protégeait contre les gifles qu'il commençait à lui mettre, les bras tendus devant son visage. Elle demandait pardon, il n'entendait rien, il frappait même plus fort. Elle ne l'avait pas servi comme il aimait. Elle hurlait de douleur à genoux devant son mari ivre mort. Le cri et les pleurs d'un enfant de sept ans interrompirent le père quelques instants et j'entendis la mère hurler le prénom d'« Alan », elle lui ordonnait d'aller dans sa chambre. Les gifles reprirent de plus belle entrecoupées de quelques bonnes rasades alcoolisées. Il la traitait de menteuse invétérée et de pute et calma peu à peu sa colère.

Je fus emporté dans un tourbillon ténébreux et me réveillai d'un seul bond, transpirant, le cœur haletant. Je m'éloignai rapidement de la plage et me mis à vomir toutes mes tripes. Que faisait Alan, mon père, dans ce rêve ?

Je passai le reste de la fin de journée dans un état déprimé. Le lendemain, nous partions en province Nord découvrir la côte Est en passant par la KonéTiwaka.

Nous étions surpris de voir autant d'espaces verts entre chaque village, les paysages étaient superbes. Cela faisait tellement de terres à exploiter, à cultiver. Parfois, au détour d'un virage, on apercevait le lagon, magnifique. Nous avions fait des arrêts à Poindimié puis à Hienghène avec sa magnifique poule en roche puis traversé en « bac » la Ouaième, moment féerique à l'embouchure de la rivière avant d'arriver à la cascade de Tao où nous avions fait une petite excursion pour nous baigner dans la cascade fraîche où nageaient des écrevisses d'eau douce. Nous nous étions arrêtés sur tous les points de vue possibles pour regarder les baies, la barrière de corail, les cascades. Il y avait du vert partout, des cocotiers, des plages infinies, des étals de fruits et légumes étaient présents tout au long de la route lorsque nous traversions les tribus. Nous déposions notre argent dans un coquillage et partions avec nos légumes. Personne ne venait nous servir, c'était magique ! Nous saluions chaque voiture et chaque habitant répondait énergiquement en remuant le bras ou en levant le pouce avec un grand sourire. Nous étions bien avec nos amis dans ce minibus qui nous emmenait vers Malabou, en direction de Poum. L'accueil était chaleureux et les repas succulents. Ce n'était pas du tourisme de masse, c'était authentique et nous découvrions des traditions, des cultures différentes, la coutume et la vie en brousse, comme nos amis aimaient le répéter aux pauvres petits « Zoreils » que nous étions, utilisant cette expression locale lorsqu'ils voulaient nous charrier un peu.

Pour notre septième jour, nous terminâmes notre périple au bout de la Calédonie, après plus de quarante kilomètres sur une route en terre, dans un gîte perdu appelé le relais de Poingam, un havre de paix avec des bungalows simples et confortables et une plage magnifique. Le soir, on dînait en table d'hôte et nous avions salivé tout l'après-midi à regarder le cochon sauvage tourner sur une broche avec un petit moteur artisanal que le propriétaire avait confectionné dans son atelier. Un débrouillard, le chef – il n'y avait rien dans la pointe nord de la Calédonie – avec son forage pour l'eau, un groupe électrogène pour l'électricité, des champs de citronnelle pour lutter contre l'invasion des moustiques et des liens étroits avec les populations locales pour avoir des produits frais, des fruits de mer ou autres aliments pour nourrir ses clients. En comparaison des hôtels de luxe dont j'avais l'habitude, celui-ci avait une vraie humanité par sa simplicité, les gens se sentaient bien dans ce gîte. On passait des moments hors du temps. Paris me paraissait loin, très loin. Sur mon transat, je me demandais si nous avions conscience de ces moments privilégiés que nous vivions. Je laissais libre cours à mon imagination, à ce que mon esprit me projetait, tel un film, sur une toile tendue. Et si cela était un montage de mon esprit ? Une illusion de mon mental pour me convaincre ? Cet infini me faisait peur, j'en perdais le sens des réalités, camouflant ma vérité sous un manteau de glace, n'osant affronter mon propre regard. Cela me conduisait vers de nombreuses addictions, cette pensée me donnait soif !

J'avais soif de boire, soif d'avaler un contenu pour abréger mes peurs et ma souffrance. J'avais le sentiment d'être une marionnette répétant inlassablement les mêmes gestes, les mêmes pensées.

Même la balade avec Bertrand, cet auteur calédonien, n'avait su gagner mon cœur. Il nous avait rejoints pour la soirée pour échanger sur nos projets littéraires respectifs. Grand, les cheveux bouclés, la soixantaine passée, il avait su inspirer ma confiance et je m'étais confié à lui sans retenue. Il aurait pu être mon père ! Nous avions marché le long du marais salant sur une route poussiéreuse et blanchâtre, brûlée par le soleil du Nord. Il essayait de me ramener sur Terre en m'expliquant que la Nouvelle-Calédonie vivait aussi une période compliquée, une terre conflictuelle, mais qu'on se parlait quand même, c'était essentiel pour un pays en devenir et surtout pour soi-même, dit-il en percevant ma détresse psychologique !

Je réalisais que ce n'était pas le pays carte postale que je venais de lui décrire. Il ne fallait pas que je fuie ma propre réalité. Je vivais trop dans mes propres illusions et cela me faisait souffrir de ne pas arriver à me détendre et à communiquer ! En fait, je ne lâchais pas prise de peur de perdre le contrôle de ma vie. J'étais découragé ! Je vivais ce voyage en toute banalité comme un touriste lambda sans arriver à me détacher de ce que j'étais devenu, je devenais mon propre bourreau !

Pierre me tapa sur l'épaule pour me sortir de ma léthargie tout en prenant une bière qui se trouvait dans la glacière.

— Ça va, Frédéric ? me demanda-t-il, l'air inquiet. Tu en veux une ?

— Moi ? Pardon… Oui, je veux bien ! Excuse-moi, j'étais dans mes pensées ! répondis-je sans lui avouer ma souffrance.

Je n'arrivais pas à lui exprimer mes pensées. *C'est pourtant un ami*, pensai-je en prenant une grande gorgée de ma bière. Je hurlai en silence !

L'éloignement n'avait pas chassé mes démons, ils s'étaient juste terrés au plus profond de moi-même, prêts à ressortir à la moindre faille. Partir au bout du monde ne réglait pas tout, c'était une certitude !

L'eau était chaude et on partit faire une balade en pirogue, il n'y avait pas beaucoup de vent. Je n'avais toujours rien écrit, pas lu mes mails depuis notre départ, je voulais me laisser vivre. Je regardai la pointe de la baie où un père et son fils pêchaient tranquillement. Le fils reproduisait les mêmes mouvements, les moindres gestes de son père, ils étaient parfaitement synchronisés. Je fis instantanément le parallèle avec mon père et repensai à mon rêve, mon cœur s'emballa à l'idée de lui ressembler, ce qui m'apparaissait inévitable !

J'AI SEPT ANS

Je courais le long de cette rue en regardant les portes défiler, je n'avais peur de rien et me sentais tout-puissant. Le monde tournait autour de mes amis et de nombreux jeux que je m'évertuais à faire chaque jour, que ce soit du foot, une course, un jeu de société, un livre. Je vivais dans mon univers, cela incluait les adultes que je ne voyais qu'au travers de mes parents et de ma maîtresse de CE2 qui me harcelait tous les jours pour que je fasse des devoirs que je n'avais pas envie de faire. Les vacances étaient toujours très attendues.

Nous partions souvent rendre visite à ma famille paternelle voir mes cousines, le soleil, et surtout profiter des grandes marées basses pour la pêche au coquillage. Je les passais essentiellement en Bretagne chez ma grand-mère Alwena qui vivait seule, mon grand-père étant décédé lorsque j'avais trois ans. On habitait à l'intérieur d'une grande école avec un immense parc de jeux. Ma grand-mère était petite avec un sacré caractère. Elle ne mâchait pas ses mots en utilisant toutes les expressions bretonnes qualifiant les gens, j'entendais les noms d'oiseau voler quand je me trompais de beurre pour les écrevisses. La maison n'était pas bien grande et nous étions toujours nombreux à manger dans la cuisine. C'était chaleureux et la bonne humeur était toujours présente. Malgré la dureté de son regard, grand-mère aimait rire et faire des blagues. Elle avait les cheveux bruns coupés courts et des yeux bleus perçants, elle marchait légèrement courbée, ce qui donnait l'impression parfois qu'elle portait le poids du monde sur ses épaules. Elle me laissait entrer dans sa chambre, car j'aimais regarder ses placards qui étaient toujours remplis de friandises et de boîtes de conserve. Je compris bien plus tard que c'était son garde-manger qu'elle fermait à double tour, de peur de manquer de nourriture, ayant connu le rationnement pendant la Seconde Guerre mondiale.

Elle avait connu la faim comme beaucoup d'anciens de cette époque, toujours présents dans sa mémoire quarante ans après. Elle s'évertuait à m'apprendre quelques mots de breton, à coudre et même à broder pendant nos longues matinées. On allait acheter la laine au marché et je revenais avec mes pelotes de couleurs différentes et mes aiguilles. Tous les matins, nous partions faire quelques courses. On prenait souvent des coquillages ou des fruits de mer, des œufs et des pruneaux pour le far breton. Quelquefois, nous partions tôt en nous rendant sur les plages afin de profiter des grandes marées basses où nous passions des heures à moitié courbés avec nos pelles et nos râteaux à gratter quelques palourdes ou bigorneaux. Les bateaux étaient à même le sol et des kilomètres de plage s'ouvraient aux populations pour la pêche aux coquillages. C'étaient des instants magiques, le soleil réchauffait nos visages pendant que ma mère préparait le pique-nique, entrecoupé par la lecture d'un magazine. Nous allions nous balader dans des fermes voire la fabrication du beurre et achetions toutes sortes de produits locaux beaucoup plus accessibles que dans les grandes surfaces. J'adorais manger les palets bretons à toute heure de la journée.

Mes vacances à Auray étaient bien différentes de ma vie parisienne. J'aimais cette petite ville remplie de symboles. Je me rappelais même les moments où on allait au lavoir collectif laver les draps et les vêtements. Les femmes riaient et se moquaient en pur breton des personnes absentes. Le soir, quand l'apéro pointait à l'horizon, on partait tous à pied faire une petite marche vers le port de Saint-Goustan. On longeait la rue Clemenceau, la rue Jean-Marie-Barré, en passant devant la mairie place de la République pour arriver sur une belle descente, rue du Château. Après un long virage sur la droite, on découvrait le pont Neuf reposant depuis des siècles au- dessus de la rivière d'Auray qui s'écoulait jusqu'à la baie de Quiberon. C'était un soir de fête et d'animation, il y avait du monde partout. C'était le cœur de la ville d'Auray, la place où se tenaient les soirées d'été, les concerts, avec ses rues pavées, ses maisons en colombins et ses mouettes virevoltant tout autour de nous à la recherche de nourriture.

Je m'étais inscrit à une course d'obstacles et ma sœur à un radio-crochet. J'avais trop honte pour chanter devant tout le monde. Il y avait des gens déguisés qui se préparaient à parader le long du port de Saint-Goustan, un concours pour attraper les canards en plongeant dans l'eau noire de la rivière. Les plus vieux, en face du port, jouaient à la boule bretonne, aux cartes. Des tables et des espaces longeaient la rivière où de jeunes adultes s'affairaient à mettre des fers à cheval autour d'une tige ou jouant au jeu du palet. L'ambiance était chaleureuse et conviviale, c'était l'été.

Nous étions une trentaine d'enfants sur la ligne de départ. J'avais une cuillère dans la bouche et un œuf. Nous devions franchir toute une série d'obstacles le plus rapidement possible sans le faire tomber. J'étais super motivé. J'avais mis mes baskets blanches, mon short en jean et un polo marinier en lien avec ma casquette de capitaine qui ne me quittait pas des vacances. J'étais paré pour le départ, la foule s'était écartée, un pétard éclata et la course débuta. Je me mis à marcher rapidement, mais ce n'était pas facile sur cet axe entièrement pavé. Je tournai au premier virage et arrivai à une corde qui avait été tendue pour passer dessous. Les plus grands me dépassèrent, mais j'avais décidé d'aller à mon rythme, essayant de finir la course sans faire tomber mon œuf. On devait marcher sur des rondins, passer dans une petite piscine d'eau avant d'arriver à un muret que nous devions enjamber. Je terminai douzième sur la trentaine de participants. J'avais passé un bon moment et, déjà, nous allions nous préparer derrière la fanfare pour défiler dans les rues du port de Saint-Goustan. Les adultes avaient sorti des masques et nous marchions, tous ensemble, le long de la rivière d'Auray, accompagnés par la musique bretonne. Les bombardes, les cornemuses et les percussions de bagad résonnaient dans les rues étroites du port. Les pierres pavées résonnaient de ces vibrations musicales, la musique guidait la joyeuse parade dans une longue farandole humaine. On nous emmenait vers la scène principale où les jeunes chanteurs allaient se préparer aux concours de radio-crochet organisés pour les enfants. Ma petite sœur, Axa, âgée de quatre ans, se préparait à chanter son morceau, elle n'avait pas peur ! Elle se tenait droite dans son petit gilet rouge et sa jupe marron, prête à entonner son chant au démarrage de la musique. Elle avait des cheveux très blonds et deux grosses billes bleues. Elle gagna et eut la une du journal le lendemain avec une photo d'elle pleine page titrée « La jeune star de Saint-Goustan ». C'est vrai qu'elle avait une superbe voix pour son si jeune âge, il n'y avait pourtant aucun artiste dans la famille. On passait une superbe soirée avec ma mère, ma grand-mère et mes cousines.

Je n'avais pas vu mon père de l'après-midi. Je l'avais cherché parmi la foule, dans les espaces de jeux, mais il était introuvable. Ma mère ne paraissait pas inquiète, elle était résignée et les deux femmes n'en parlaient jamais. Je percevais de la peur, de l'inquiétude dans leurs regards. Pire, et je m'en rendis compte plus tard, j'avais imprimé ce fonctionnement dans mon éducation et ma mémoire.

C'était normal de ne pas exprimer ses émotions. Ce n'était pas si grave, après tout, d'avoir un père absent. J'étais curieux et un peu aventurier dans l'âme, je me mis soigneusement à observer, à écouter tout ce qui se passait autour de moi, je me lançai le défi de le retrouver.

Jeune et mince avec ses longs cheveux bruns, des yeux bleus étrangement identiques à ceux de ma petite sœur, il riait de bon cœur avec des personnes que je ne connaissais pas autour des flippers du bistro du port. Il portait régulièrement à sa bouche sa bière qu'il buvait avec grande satisfaction. Sitôt finie, une autre tournée arrivait par le serveur qui s'activait à livrer son plateau débordant de boissons. Je le trouvais fort et beau et j'étais fier de mon père. Je traversai rapidement la place bondée de monde pour aller le voir. J'arrivai, avec difficulté, à l'intérieur du café et l'appelai.

— Papa, papa ! hurlai-je pour me faire entendre sur le morceau des Rolling Stones qui sortait du juke-box du bistro.

Après quelques hésitations, il regarda vers le sol pour enfin me voir.

— Ah, fils, tu fais quoi ici ? Ce n'est pas un lieu pour les enfants ! Va avec maman, je termine ma bière et j'arrive, lança mon père tout en mettant une nouvelle pièce dans le flipper.

— Mais papa, Axa a gagné le concours et on t'attend pour partir, répondis-je, sûr de moi.

— Oui, c'est bon là ! Je t'ai dit d'aller voir ta mère, dit-il en me tendant une pièce de cinq francs ! Va te prendre une glace ! Et sors d'ici, dit-il en secouant sa bière qui tomba à moitié sur mes cheveux.

Il se retourna et se mit à rire avec un homme que je

ne connaissais pas, me laissant avec cette pièce que je n'avais pas demandée. Déçu, je tournai déjà les talons en pensant à la glace que j'allais m'offrir. Je rejoignis rapidement la place et croisai ma mère qui ne m'avait pas vu sortir du bar. Derrière la vitre, je la vis se diriger vers mon père d'un pas décidé, son visage était en colère. Elle prit le bras de mon père d'un geste brusque et renversa sa bière. Il se retourna, excédé, en la bousculant légèrement. Je voyais bien qu'ils se disputaient encore une fois. Il se moquait d'elle en l'humiliant devant ses amis. Je n'entendais rien mais je voyais bien qu'elle subissait des moqueries. J'avais vécu les mêmes à l'école au cours de l'année. Je m'étais senti ridicule, honteux, déshonoré. Elle partit en courant, des larmes lui coulaient le long des joues. J'avais tout vu, mais je ne dirais rien, le silence était d'or dans la famille ! À l'image de ma mère, j'acceptais déjà la honte et la dévalorisation.

Ma grand-mère Alwena tricotait une taie d'oreiller avec précision et patience de ses doigts tordus par l'âge. Je la regardais tendrement tout en collant mes images « Panini foot » que j'avais eu le droit d'acheter. Je contemplais mes équipes de foot préférées de première division en passant de la télé de ma grand-mère à mon album. Ma petite sœur, Axa, s'était endormie sur le canapé et ma mère était partie à la recherche de mon père que nous n'avions pas revu depuis deux jours.

— Nom de *tui !* s'exprima ma grand-mère en me regardant faire mes premiers crochets. Tu te débrouilles comme un chef, mon fils.

Elle termina sa phrase par un « nom de Diu » tout en riant de bon cœur, les yeux légèrement mouillés.

— Merci, grand-mère, répondis-je fièrement. Il est où, papa ? demandai-je, inquiet.

— Il est au travail, mon garçon ! répondit Alwena.

— Ce n'est pas vrai, on est en vacances ! répondis-je, les larmes aux yeux.

Cela faisait deux jours qu'il n'était pas rentré à la maison. Un voile passa devant le visage de ma grand-mère.

— Mon fils, ne dis pas ça de ton père ! Il a aussi besoin de sortir et de voir ses amis d'enfance. Il ne vient pas souvent à Auray ! me dit-elle, n'y croyant pas elle-même.

— Pourquoi n'est-il pas présent ? Je ne l'ai pratiquement pas vu des vacances. Il se dispute toujours avec maman. Je vois bien qu'elle est malheureuse, répondis-je en frottant mes yeux rougis.

— Les parents se disputent, mon fils. Tu auras l'occasion de le vivre quand tu seras grand. Tu reproduiras la même chose, me dit-elle.

— Non ! répondis-je fièrement.

— Allez, sèche tes larmes et prend une part de far breton, dans le réfrigérateur.

— Merci, grand-mère, répondis-je en me levant. Je ne suis pas aveugle, tu sais ? Je vois bien que ça ne va pas, mais personne ne me dit rien dans cette famille. Je suis l'aîné et le seul garçon, mais personne ne me considère ou ne me fait confiance. Moi aussi quand je serai grand, je ferai comme mon père, je ne t'écouterai plus ! affirmai-je d'une voix autoritaire.

— Tu te trompes sur moi, mon garçon ! répondit-elle, les larmes aux yeux. Je ne laisse pas tout faire, mais la vie nous joue parfois de bien mauvais tours et les choses se répètent.

Il faut savoir accepter et ce n'est pas toujours facile.

— Accepter quoi ?

— Accepter que la vie ne marche pas dans la même direction que toi. Accepter que des êtres chers ne suivent pas les chemins que tu as souhaités pour eux. Accepter qu'ils puissent faire les mêmes erreurs que tu as pu faire. Accepter d'avoir de la compassion et de l'amour pour des personnes qui te sont chères et qui sont libres de leurs propres choix bien que toi, tu vois le mur dans lequel ils foncent, me répondit grand-mère d'une voix douce.

— Oui, c'est vrai ! J'accepte que ma petite sœur n'exécute pas tous mes ordres, répondis-je, fier d'avoir compris la discussion.

— Moui, c'est presque ça ! dit-elle en riant de bon cœur. Tu as pris mon côté autoritaire en plus. La vie n'est pas aussi simple que tu le penses. Toi aussi, tu vivras des situations qui te reviendront en boucle avec différentes facettes pour que tu comprennes bien la leçon. Tu entends ? Tout n'est pas blanc ou noir et ton père doit aussi vaincre ses vieux démons et ceux de notre famille, dit-elle avec autorité.

— Mais quels démons ? Je vais avoir les démons de mon père s'il ne les règle pas ? demandai-je avec appréhension.

— Oui, tu comprends ! C'est une certitude ! dit-elle satisfaite.

— Hein ? demandai-je en croquant à pleines dents une grosse part de gâteau. Je ne comprends pas, grand-mère. Explique-moi ? Je ne suis pas si bête ! dis-je tout en me léchant les doigts.

— Je vais essayer de t'expliquer, mais il faudra que tu gardes cela dans un coin de ta mémoire sans en parler à tes parents. Un jour, quand je ne serai plus là, cette discussion te reviendra et tu repenseras à nous. Je t'aiderai à passer la tempête. C'est notre secret, dit-elle tout en terminant par un fort « nom de Diu ». Mes ancêtres disaient toujours que nous étions le miroir de nos aînés et qu'il fallait un jour conjurer le sort au risque de reproduire les mêmes erreurs ou de les transmettre à la génération suivante. Nous répétons les mêmes erreurs, les mêmes addictions à des dates identiques. Nous avons un jour à affronter un passé qui ne nous appartient pas. Les événements se déroulent dans une telle synchronicité qu'on ne peut ignorer cela. Nous portons inconsciemment les mémoires de nos anciens et nous devons obligatoirement nous en détacher pour que nos enfants soient libres, c'est inscrit dans nos cellules. Une chaîne humaine invisible, inconsciente, mais bien réelle dans notre quotidien. Nous avons donc notre propre héritage et avons aussi à porter ceux de nos parents, nos grands-parents et plus encore ! Tu me suis, mon enfant ? Nous avons ce double travail à effectuer dans la vie pour libérer nos comportements, nos émotions, nos peurs qui reviennent tout au long de la vie. Mon arrière-arrière-grand-père était un druide célèbre, mais tout s'est délité avec le temps. Nous avons perdu la connaissance par l'éloignement et les nombreuses guerres, je le regrette maintenant. Je me suis aussi entêtée à ne pas voir mes propres erreurs que ton père reproduit aujourd'hui et que j'ai vécues avec ton grand-père, paix à son âme ce saligaud. Je n'ai pas accepté ni fait le travail nécessaire pour libérer de la place pour ton présent. Quelque part, j'ai fui mon passé, je n'ai pas voulu affronter cette situation, elle me mettait les nerfs à vif, dit-elle tout en repensant à la violence psychologique et physique qu'elle avait subie pendant presque toute sa vie. Fais-le, toi, mon fils ! Fais-le pour nous ! Quand tu seras au plus profond, là où les ténèbres sont les plus sombres, tu te souviendras de notre conversation et je serai là pour te guider et t'accompagner, mon garçon. Je te le promets ! Tu ne peux pas tout comprendre aujourd'hui. Ne sois pas inquiet ! dit-elle d'une voix envoûtante.

— Je ne comprends pas tout ce que tu me dis, grand- mère. Tu me parles de mes ancêtres, mais je n'ai rien fait de mal, répondis-je les yeux plissés.

— Oui, mon garçon. Tu as raison. On parle de choses que les yeux ne peuvent voir. Il te suffira d'en prendre conscience un jour et d'avoir la foi en toi. Tu seras mon chevalier servant ! dit-elle d'une voix hypnotique.

— Oui, grand-mère. On pourra aller à Saint-Goustan cet après-midi ? demandai-je, absorbé par ma pelote de laine qui se déroulait sous la table.

Cela devenait trop sérieux et je ne comprenais rien.

— Oui, oui, on ira, c'est promis, répondit grand-mère avec un regard perçant, un sourire illuminant son visage.

Une graine avait été semée dans mon esprit. Je ne réalisais pas, mais je devais maintenant porter le poids des générations sur mes petites épaules de sept ans.

À deux cents mètres à vol d'oiseau, sur le parking place de la République, pas très loin du troquet dénommé « Au bon coin », se tenaient deux jeunes adultes qui se disputaient violemment en se menaçant, le doigt levé. La conversation était houleuse, entrecoupée de larmes, les passants regardaient du coin de l'œil cette dispute pas si anodine.

— Tu n'es qu'un bon à rien, un menteur et un alcoolique, assena Clarisse en lui tapant légèrement la poitrine avec sa fine main blanche. Ça fait deux jours que tu es parti ! On n'a pas de nouvelles de toi, tes enfants demandent où tu es et je suis obligée de mentir en leur faisant croire que tu es au travail, j'ai honte de toi ! On vit aux crochets de ta mère sans un sou. Tu passes tout notre argent dans les boissons et les jeux, ivrogne ! répéta Clarisse avec rage.

— Notre argent ? Mais qui travaille ? Et tu es chez qui ici ? Chez ma mère, mais toi, à part me faire la morale, tu es trop fainéante et trop bête pour aller travailler. Et tu viens me donner des leçons ! Je fais ce que je veux. C'est clair pour toi ? hurla Alan, la bouche puant l'alcool, au visage de ma mère.

— Tu es un ingrat ! Qui s'occupe de nos enfants ? C'est toi qui me l'a demandé et tu me reproches de ne pas travailler ? Tu n'es qu'un menteur invétéré ! Je ne resterai pas longtemps avec toi. Tu finiras dans un caniveau comme un clochard et tout le monde s'en foutra ! À notre retour sur Paris, je chercherai du travail. Tu ne me fais pas peur. Tu fuis la vie ! Tu mens ! Tu nous mens ! Tu mens à tout le monde et tu crois que je vais rester sans rien faire à te regarder sombrer comme une merde ! Tu as des dettes partout. Tu es bien comme ton père, un ivrogne. Je ne permettrai pas que notre fils devienne comme toi. Comment crois-tu qu'il te voit en ce moment ? Il a sept ans maintenant. Il voit tout. Il comprend tout. Il voit bien ce que tu fais. Réalise et ouvre les yeux, Alan, je vais te quitter, je n'en peux plus !

— Mais oui, mais oui, ça fait des années que tu me dis ça ! Tu es bien trop bête pour le faire et retourner dans ta petite bourgade de foin. Je ne te laisserai pas prendre les enfants. Tu es incapable de le faire ! dit-il en riant grassement.

— Rigole bien, Alan. Je n'ai plus besoin de toi et le jour où ça arrivera, tu ne t'en rendras même pas compte et tu n'auras plus que tes yeux pour pleurer. Va picoler avec tes amis que je ne connais même pas dans ton bar à deux francs. Je prends le premier train et je rentre sur Paris. Tu pourras t'expliquer avec Alwena, elle a plus d'influence que moi sur toi.

— Mais arrête un peu, tu me saoules à me parler comme ça, dit-il en éclatant en sanglots tout en lui prenant la main sans trop y croire, lui-même surpris d'avoir les larmes qui coulaient si facilement. C'est bon, je vais rentrer avec toi. Je plaisantais, chérie ! Excuse-moi ! Je ne sais plus ce que je dis ! Pardonne- moi, Clarisse. Je te suis à la maison, dit-il la tête baissée.

Ma mère comprenait enfin qu'il ne changerait jamais. Alan marchait derrière elle, penaud, en pensant à sa mère qui payait ses dettes, qui lui avançait de l'argent qu'il ne remboursait pas. Il était trop fier pour avouer à Clarisse qui c'était Alwena qui faisait vivre son foyer. Il était devenu servile, il avait abandonné la vie pour se réfugier dans l'ombre à l'image de son propre père. Malgré sa honte, la colère et l'alcool représentaient son havre de paix.

Elle traversa la place, suivie de son mari à quelques mètres derrière elle, son visage était résigné, mais sa volonté s'était renforcée. La fatalité n'était pas un adversaire surpuissant ! Elle quitta mon père l'année suivante.

Alors que j'étais âgé de quatorze ans, mon père mourut d'une crise cardiaque sur un trottoir anodin de Paris, je ne l'avais pas revu depuis ma huitième année.

L'AMITIÉ

Trois années étaient passées depuis mes dernières vacances à Nouméa, ma vie avait basculé dans le néant, j'étais seul et abandonné de tous. Ruiné par mon éditeur, Rolland, je subissais son plan machiavélique en ayant cédé tous mes droits d'auteur à sa maison d'édition. Je voyais mes livres partout sur les rayonnages et ne touchais rien, j'étais anéanti ! Ma femme, Valérie, m'avait quitté pour un pseudo architecte, beaucoup plus jeune et plus attentif que moi. Un mail et une vidéo reçus à son bureau avaient fini par tuer mon couple.

Ce soir-là, elle avait été calme en me demandant de m'asseoir dans le canapé pour regarder un film qu'elle avait loué. Je me tenais assis dans mon fauteuil, un verre de rosé à la main. Elle avait appuyé sur le bouton de la télécommande, les premières images étaient explicites, les cris des deux Hollandaises n'étaient plus audibles pour moi. Je n'entendais plus rien, un voile était passé devant mon visage, Valérie ne m'avait pas quitté du regard en lançant le film. La bouche ouverte, je n'arrivais plus à exprimer le moindre mot. Elle l'arrêta et sortit un dossier puis commença à lire les nombreux échanges que nous avions eus avec Corinne. Elle pleurait, mais continuait à lire, la colère montait. Notre couple s'était terminé sans un mot de plus. Je m'étais levé, j'avais pris mon manteau et réalisé que mon sac était déjà prêt à côté de la porte. Je fermai sans pouvoir regarder Valérie une dernière fois, je ne la revis jamais !

Tous mes amis avaient disparu, me laissant seul à

errer dans les rues parisiennes. J'avais rencontré Irène l'année dernière dans un bar sombre dont je ne me souvenais plus le nom, mais je m'étais réveillé un matin dans son minuscule studio. Depuis, je ne l'avais pas quittée, nous partagions les mêmes addictions. L'alcool était notre péché commun. Son studio était petit. Il sentait la cigarette froide et des verres étaient posés un peu partout, à moitié vides et parfois remplis de mégots nauséabonds. Nous avions un vieux matelas posé à même le sol, une table de camping et deux tabourets ramassés au coin d'une poubelle et que j'avais rafistolés pour pouvoir manger. On améliorait notre quotidien en allant au « Resto du cœur » ou dans les épiceries solidaires. Le mieux était de faire les poubelles. Les gens pouvaient être généreux avec nous, sans qu'ils s'en rendent compte, le gaspillage n'existait pas dans notre monde.

Sans rien voir venir, j'avais insidieusement glissé dans la rue, me réveillant souvent le nez collé à un trottoir. J'avais perdu toute forme d'humanité, de fierté, et d'amour propre. Je décidai d'abandonner, de tout lâcher pour vivre ma vie sans me soucier du regard des autres. Résigné à me laisser mourir à l'image de mon grand-père et de mon père mort dans des circonstances identiques, je suivais ma lignée. À trente-neuf ans, cela ne valait plus le coup de se battre ou de se raccrocher à quelque chose, je n'avais que du vide autour de moi. Tout me paraissait loin, trop loin pour prendre de la hauteur sur ma vie miséreuse. Ma propre famille m'avait abandonné. Même ma fille n'avait pas su me sortir de ma torpeur et mon esprit était gelé au plus profond d'un marais noirâtre. J'allais plus loin dans ma destruction, dans mes limites, dans ma course effrénée de trahisons et les rejetant tous sans distinction ou nuance, je ne voulais plus vivre !

Rien n'y faisait, je me réveillais chaque matin, je portais mon vieux costume gris, élimé par la vie, pour ne pas oublier d'où je venais. Je ne savais plus qui j'étais et cela avait peu de sens. L'essentiel était de voir jusqu'où mon propre corps tiendrait avant de lâcher cette vie.

J'occupais mes journées avec un boulot de pigiste pour un vieux journal qui périclitait avec la poussée du numérique. Je me sentais comme lui, poussé à la porte par une nouvelle génération qui m'avait fait tant de mal. Je m'occupais des faits divers et de la rubrique nécrologique. J'avais même rédigé la mienne dans un éclair narcissique. Parfois, dans les bons jours, le patron, un vieux de la vieille, me payait au « black » avec des salaires en peau de chagrin, je demandais trop d'avances sur les avances, je devais maintenant rembourser le journal pour un trop-perçu. Le fisc me recherchait pour des salaires non déclarés, mon ex-femme pour la pension alimentaire, la rue était mon refuge !

J'étais passé du statut d'homme riche et célèbre à rien, vivant dans la misère. Plus aucun journaliste ne venait me voir, j'avais disparu du monde réel. Ma vie avait glissé en quelques années et une main invisible me tenait la tête sous l'eau, m'empêchant de respirer, j'étais devenu un fantôme.

Avec le temps, je me rendis compte que Rolland était l'instigateur de ce plan démoniaque, mais il était trop tard, il m'avait tué par sa fourberie, sa jalousie et sa méchanceté. La vie m'avait poussé dans mes derniers retranchements. Je ne voyais plus rien, ni les gens que j'entrecroisais dans la rue, ni le reflet de mon propre visage dans les vitrines des magasins éclairés. *Je suis la parfaite victime*, pensai-je pour me convaincre d'avoir raison. Le plus difficile avait été d'accepter l'attitude de mes amis que je connaissais depuis des années. Il y avait ceux qui appelaient par politesse au début, ceux qui ne s'en mêlaient pas et préféraient ne pas voir, de peur de devoir dire quelque chose. Puis ceux qui dévoilaient leur vrai visage, se moquant de ma déchéance et de mes faiblesses. Ces derniers étaient les pires, des sournois, des égoïstes primaires, avec qui j'avais passé tant de bons moments… J'avais fui l'amitié ! Plutôt que d'avoir à accepter les gens tels qu'ils étaient, j'avais préféré ne plus les voir et fuir loin de tout. Je m'étais enfermé dans mon esprit, me voilant ainsi la face aux réalités extérieures, j'avais cette capacité à devenir hermétique. Ainsi, j'entretenais mes pensées, je les alimentais, je les chérissais de mes doutes, de mes erreurs : un âtre que j'aimais voir brûler en me consumant peu à peu. Je n'avais besoin de personne ! Je me projetais mon propre film sur ma toile et j'étais le seul spectateur de ma décadence. Le sourire au coin des lèvres, je fus pris de frissons malgré la douce chaleur ambiante. Je resserrai instinctivement mon foulard autour de mon cou. À Montparnasse, alors que j'aimais me promener aux galeries Lafayette pour ne pas avoir trop chaud, je fus stoppé par un homme que j'eus du mal à reconnaître tant son physique avait changé. Il avait perdu une vingtaine de kilos, il paraissait plus sale que moi. Ses yeux étaient rougis par la maladie et je voyais bien qu'il allait mourir. Ses mains tremblaient, je pensais qu'il avait la maladie de Parkinson. Il me barrait le chemin et nos regards se croisèrent, la colère monta devant le visage hirsute de Rolland, mon ancien éditeur. Nous nous faisions face tels des duellistes durant ce qui me parut durer des heures sans qu'aucun ne fasse le moindre mouvement. Puis, Rolland pivota sur lui-même en faisant un quart de tour sur sa gauche afin de me laisser passer, la tête basse.

Dans un réflexe instinctif, je lui décochai une violente gifle qui s'entendit dans une partie de la galerie. Le plat de ma main fut tout rouge la minute d'après. Rolland redressa la tête doucement pour me regarder avec ses yeux rougis et sombres. J'étais prêt à me battre. Un feu destructeur brûlait en moi, je n'attendais qu'une étincelle pour exploser et lâcher toute ma colère sur lui. Mais rien ne vint, aucune réaction, juste une violente quinte de toux qui le plia en deux. J'attendis quelques secondes qu'il revienne à lui, je n'avais aucune pitié pour cet homme qui m'avait volontairement piégé et tué à petit feu pendant des années. Il était devant moi et ne ressemblait plus à rien.

— Alors, Rolland, on ne dit pas bonjour à son vieil ami Frédéric ? demandai-je faussement de ma voix cassée. Ma gifle ne t'a pas réveillé ?

— Bonjour, Frédéric, hésita Rolland en reculant devant mon assurance. Que veux-tu ? Je ne veux plus qu'on se parle. Laisse-moi passer ! Je n'ai eu que tristesse et malheur avec toi, hurla-t-il.

— Pardon, de qui te moques-tu ? Qui m'a volé mes contrats ? Qui a envoyé des vidéos douteuses à ma femme ? Qui a comploté avec Corinne et fait en sorte que Valérie me quitte ? Et tu veux que j'aie pitié de toi ? dis-je le poing levé et tremblotant en direction de son visage, prêt à lui décocher une droite.

Au loin, deux vigiles se rapprochaient de nous insidieusement. On faisait un véritable raffut à l'entrée du magasin, empêchant les clients d'entrer dans la galerie.

— Tu te trompes, Frédéric. Tu t'es fourvoyé tout seul dans tes propres illusions, dans tes propres addictions. Je n'ai répondu qu'à ton appel d'en finir. Tes nombreux reproches ne sont que les reflets de ta propre errance. Les contrats, tu en as fait don lorsque tu buvais à n'en plus finir. Cela a fini par me desservir puisque mon propre père a récupéré la maison d'édition pour la vendre à un bon prix grâce à ton offrande. Nous vivons tous la trahison. Pour ce qui est de ta femme, c'est toi qui l'as quittée parce que tu n'assumais pas cette vidéo. Oui, je l'ai payée, oui, je l'ai envoyée, mais je n'ai fait qu'appuyer sur un bouton que tu avais largement usé avant moi. Corinne, tu l'as abandonnée après ton accident sans lui donner une seule nouvelle. Tu as profité pendant des années de ce bonheur sans te soucier des autres, de tes amis, de ta famille, et tu oses pleurer et être en colère parce que tu vis comme un clodo. C'est toi qui as tourné la page définitivement sans laisser de possibilité aux autres de t'accueillir. Sais-tu ce que sont devenus tes amis ? Non, tu n'en sais rien, car tu vis dans ton monde.

— C'est moi qui n'ai rien fait, affirmai-je en hurlant, le doigt pointé sur son menton. Pourquoi m'avoir jugé ? Je ne suis pas responsable si ton père t'a martyrisé toute ta vie. C'est toi le lâche, Rolland ! Tu as trahi le seul ami que tu avais. Alors, garde tes leçons de morale pour quand tu seras dans ton cercueil, lui répondis-je en lui décochant une seconde gifle sans aucune hésitation.

— Tu peux me gifler, me violenter, m'insulter. Je ne suis pas ton bourreau ! Tu as semé tes propres graines et tu es tout autant responsable de ce qui t'arrive aujourd'hui, dit-il, les larmes aux yeux.

— Non, tu mens, répondis-je les poings serrés.

— Je mens ? Tu as préféré t'enfuir ! On se ressemble, mine de rien, on est juste narcissiques et paranoïaques ! On a juste reproduit les mêmes schémas familiaux. Laisse-moi passer, tu n'es rien ! Toi, tu avais le talent, une famille, et tu as tout jeté sans même te retourner, préférant te plaindre pour ne pas affronter tes peurs.

Je le regardais, sonné comme un boxeur au fond des cordes où les coups de poing ne cessaient de pleuvoir, j'étais acculé, le souffle court, cherchant de l'air tout autour de moi. J'avais passé les dix dernières années à errer dans mon esprit. Je lui avais accordé toute la place, me convainquant que mon mental était dans son plein droit sans laisser mon libre arbitre agir.

J'avais parcouru un long chemin parsemé d'obstacles sur lesquels j'avais épuisé les moindres parcelles de ma vie. J'avais su user ma vie professionnelle en n'assumant pas cette reconnaissance, cette réussite, en culpabilisant par honte et encore par peur. J'avais tourné le dos à mes amis, ignorant leurs regards, leurs mots doux, leur compassion en niant tout et en mentant sur mon quotidien. J'avais préféré fuir que devoir m'expliquer, me justifier, craignant le jugement, encore une fois la peur de ce qu'ils pourraient tous penser.

J'avais œuvré pour que le monde s'emploie à me haïr et abandonné ma fierté en me résignant. J'étais persuadé que personne ne m'aimait alors que je ne m'aimais pas moi-même. J'avais entretenu ces mêmes addictions, ces mêmes comportements que je reprochais à mon père quand j'étais un enfant, je n'en prenais conscience qu'aujourd'hui.

Pourtant, rien n'était figé et la clé pour se libérer de cette spirale infernale aurait pu être le lâcher-prise, en faisant le premier pas en affrontant ma propre vie, la peur m'avait étouffé, brisé. Je n'avais cessé de ruminer, de penser, mon esprit s'était enrayé, tel un tourne-disque bloqué par une minuscule poussière. Il fallait juste respirer pour que nos illusions s'envolent, je manquais d'oxygène !

Je levai la tête pour le regarder. Il venait de briser le barrage invisible que j'avais construit depuis tant d'années. Un flot d'émotions se déversait en dehors de mon corps, il purifiait mes yeux embués d'alcool, chassé par un tsunami que j'avais gardé trop longtemps en moi. Même les deux vigiles s'étaient figés dans le temps devant ma peine, ma tristesse qui paraissaient inconsolables. Les gens, au loin, furent surpris par l'expression de ce chagrin sans retenue. Je pleurais à chaudes larmes en me prenant le visage entre mes deux mains. Cela n'avait pas duré longtemps, à peine quelques secondes, mais le temps n'existait plus pour moi. Le monde que j'avais construit s'était effondré, tel un château de cartes s'écroulant à la première prise d'air. Je n'arrivais plus à prononcer un mot, aucun son ne sortait de ma bouche, j'étais muet de stupeur, j'étais paralysé !

— Tu sors enfin de ton tunnel en ouvrant les yeux ! Regarde-toi ! Regarde ce que tu es devenu ! Allez, laisse-moi passer ! Je ne sais même pas pourquoi je perds mon temps à te parler. Je suis condamné, Frédéric. On se reverra plus. Alors, fais ton choix ou rejoins-moi dans la tombe. Peut-être que de l'autre côté, nous perdrons à nouveau nos illusions et que nous trouverons notre place, n'est-ce pas, mon ami ? dit-il sans se retourner, me laissant tel un pantin, la bouche ouverte.

Je fis demi-tour pour aller m'asseoir sur un banc au milieu de la galerie. Des pigeons virevoltaient tout autour de moi. Ma tête tournait, mon corps s'était recroquevillé sur lui-même, tremblant par moment, j'avais rapetissé de dix centimètres ! Je regardais le creux de mes mains avec les lignes usées par la vie et les doigts jaunis par la cigarette. Je n'avais pas pris la vie du bon côté et j'avais abandonné par peur, par honte. Mon cerveau m'avait leurré par ses mots doux, ses répétitions inlassables sur mon manque de confiance, sur mon incapacité, le regard des autres avait fini par paralyser mes pas. Je n'avais pas su tirer parti de mon libre arbitre pour suivre un chemin différent. J'avais reproduit les mêmes erreurs, les mêmes addictions que mes générations précédentes. Pour la première fois, je lâchais prise et n'écoutais plus ce mental tortueux, je l'avais tué. Mon cœur était fébrile de découvrir cette nouvelle liberté, cette légèreté. D'un seul coup, le visage de ma petite fille me revint à l'esprit telle une flèche et je fus pris de douleurs spasmodiques pour lui avoir fait subir tous mes maux. Je me promis de la voir dès le lendemain.

La journée touchait à sa fin et je regagnai le studio d'Irène d'un pas lent, mais décidé. Cette vie-là était bel et bien finie. J'allais devenir un nouvel homme. Je prendrai le temps de reconquérir Valérie. J'y arriverai, j'en étais persuadé.

Le visage d'Alwena m'apparut à cette douce pensée. Je me souvenais de cette cuisine, de ce far breton que j'avais mangé avec ardeur et des mots de ma grand-mère, qu'elle avait prononcés lorsque j'avais sept ans. Cela prenait tout son sens aujourd'hui. La fatalité n'existait pas et je n'étais ni mon grand- père ni mon père ! J'en prenais conscience. J'avais réussi à me libérer de ma lignée, j'en étais persuadé ! Je repensais à Auray, au port de Saint-Goustan, à ma jeunesse qui avait défilé à une vitesse fulgurante, j'étais heureux ! J'emmènerai Élodie, elle ne connaissait pas la Bretagne, je me le promettais intérieurement.

En rentrant dans la pièce, les relents de cigarette froide, l'alcool en évaporation, l'évier rempli de vaisselle sale me dégoûtèrent, mais c'était à l'image de ma vie. Je me mis à ranger, à frotter, à nettoyer énergiquement le vieux studio. Quand Irène arriva, j'étais à quatre pattes à récurer le sol noirci par la crasse de nos chaussures.

— Qu'est-ce qui t'arrive ? Ce n'est pas Noël ce soir pourtant ? dit-elle, bloquée sur le pas de la porte, stupéfaite de me voir comme cela. C'est la première fois que je te vois ranger, dit-elle en riant.

— Je n'en peux plus de cette vie, Irène. Demain, je partirai. Je veux retrouver ce que j'étais hier. Je me suis perdu en chemin. Je me suis trompé sur ce que je suis, répondis-je en me levant pour faire la vaisselle.

— Pas de souci, si tu veux partir, la porte est ouverte. C'est notre dernière soirée ensemble, alors ? On va aller en boîte ce soir et demain tu enlèveras tes affaires et ton cul de chez moi ! Ce n'est pas la Croix-Rouge ici, dit-elle, en colère.

— Irène, ce n'est pas à cause de toi. C'est moi, je me suis enfin retrouvé. J'ai compris qui j'étais et je veux vraiment me prendre en main. Je n'ai pas dit que je te quittais, répondis-je, les mains écartées le long de mon corps dégoulinant d'eau sale tout en fuyant son regard.

— C'est la même chose pour moi, c'est du baratin, ton discours. Tu n'as rien trouvé de mieux ailleurs ? Non ? Alors, pars maintenant ! dit-elle d'une voix autoritaire.

— Mais non, Irène. Arrête ! dis-je en soufflant abondamment. Tu te trompes. Je veux juste retrouver ma fille, un vrai métier. Je ne veux plus continuer à me tuer à petit feu. Tu me comprends ? répondis-je, les yeux rougis.

— Oh, Frédéric, excuse-moi. Je n'avais pas compris. On fête cela ce soir ? Où tu commences ta nouvelle vie maintenant ? ricana Irène.

Après avoir hésité quelques instants, j'avais terminé la vaisselle, rangé le studio puis j'étais parti prendre une douche pour me requinquer. Une dernière sortie pour fêter ma nouvelle vie était une excellente idée. Au réveil, je ne boirai plus jamais et prendrai les rênes de ma vie. J'avais décidé de vivre le bonheur, de regarder droit devant en acceptant ce que j'étais. J'entendais déjà les rires de ma fille résonner dans ma tête, je la voyais, une glace à la main…

La soirée commença super bien. Irène avait sorti sa très belle robe rouge. Nous étions partis dans une première boîte du XVe arrondissement et avions fini dans un endroit glauque de Pigalle à boire du tord-boyaux et danser sur de la musique disco. J'enchaînais des pas en alignant des whiskies secs. Je buvais avec délectation. Je glissais dans les vapeurs alcoolisés qui m'attiraient inlassablement au fond du marais. Ma tête tournait et je n'avais plus aucun repère.

Le lendemain matin, je marchai avec mon costume élimé pour aller m'asseoir sur un vieux banc du square. En arrivant, les images de mon enfance me revinrent à l'esprit. L'insouciance d'être un enfant me paraissait si douce en comparaison de la vie d'adulte que j'avais choisie. Je me demandai pourquoi je n'étais pas parti hier quand je l'avais décidé. Cette soirée avait fini par me déchirer l'esprit, j'étais là, errant comme une âme en peine, cherchant à sortir de ce marasme nauséeux. J'avais le sentiment d'être prisonnier et cela m'empêchait de me raccrocher à une branche, je n'arrivais pas à relever la tête dans ce parc ! Je m'étais posé trop de questions et mes propres mots étaient devenus les maux de ma vie. J'avais perdu l'essentiel de la simplicité. Après tout, les autres étaient libres de penser ce qu'ils voulaient sur moi. Cela ne m'appartenait pas ! J'étais libre et j'avais compris. Je n'avais pas encore réalisé, mais je glissais en dehors de mon corps sans pouvoir me retenir à quoi que ce soit. Mon être tambourinait, mais tout avait été trop rapide.

J'étais là, au-dessus de mon être à regarder les pompiers s'activer sur mon cœur. Ils le choquaient pour le faire repartir. Je hurlais de ne pouvoir reprendre la nouvelle vie que je m'étais promise, je ne voulais pas partir. Je me cramponnais à ce vieux corps, usé par les abus, mais qui me permettait de vivre. J'essayais de redescendre, mais un mur invisible ne l'acceptait pas. Je pouvais voir les regards des pompiers de plus en plus inquiets, s'activant pour me redonner la vie. Ils me massaient en me hurlant de me réveiller, mais rien n'y faisait. Le plus vieux se leva et se dirigea vers sa sacoche alors que les deux plus jeunes ne lâchaient rien. Il tira un drap blanc qui se trouvait au fond du sac et recouvrit mon corps.

— Heure de décès : six heures vingt-quatre du matin le 14 août. Allez, messieurs, on ne peut plus rien faire. Vous avez tout essayé, les jeunes, annonça le capitaine des pompiers à ses jeunes recrues d'un ton amer.

J'étais mort sans avoir pu me réaliser, je m'étais réveillé trop tard, je n'avais pas saisi cette dernière chance, pas su réagir ni être dans l'action. De l'autre côté, je tapais des deux mains sur des vitres invisibles. Mais déjà, je me sentais emporté plus haut, toujours plus haut.

ÉPILOGUE

Il était huit heures trente ce dimanche matin. Je n'avais pas dormi de la nuit et mes yeux étaient rougis par ces flots d'émotions que j'avais su libérer. J'entendis des petits pas courir le long du couloir de notre appartement, mon bureau se trouvait tout au fond. Elle hurlait « papa » en continu. Elle ouvrit la porte en la poussant d'un geste brusque, se précipita avec sa petite bouille, ses yeux verts, ses longs cheveux blonds, pour se jeter sur mes genoux.

— C'est bien mon papa, tu as écrit toute la nuit. Je suis fière de toi. Tu es un bon papa écrivain. Le café est prêt. Maman t'attend dans la cuisine. Dépêche-toi ! Papi et mamie viennent manger à midi et on doit aller faire des courses au marché. Faut se bouger ! dit-elle en rigolant tout en sautant à nouveau pour se rendre dans la cuisine.

Je me levai, éteignis mon ordinateur après avoir relu les dernières lignes une énième fois. Je me rendis au coin de mon bureau pour prendre mon foulard rouge suspendu et l'enrouler autour de ma nuque, épuisé par cette nuit de travail. Tout en le resserrant, les images de mes personnages s'évanouirent doucement pour faire place nette dans mon esprit. Une nouvelle journée commençait.

REMERCIEMENTS

Je tiens à remercier toutes les personnes qui ont contribué à l'écriture de ce livre avec de nombreuses relectures, en m'apportant des conseils judicieux et des critiques constructives, une aide indispensable à la réussite de ce projet.

Merci à mes deux parrains : la société Petimel et la société Scope qui financent cette édition.

Un premier livre écrit sous l'impulsion musicale de Budda Bar XVII.

Je remercie chaleureusement M. Stéphane Foucault, un talentueux artiste peintre qui m'a autorisé à utiliser son œuvre intitulée Malakas et Maganda (peinture sur toile enchâssée) 2015 pour illustrer la page de couverture.

Merci à mes enfants, Léa et Gabriel, qui me motivent à écrire et à être publié.

Un grand merci à ma femme, Cynthia Jan, qui m'accompagne avec patience et amour : ce livre n'aurait jamais pu voir le jour sans toi.

Une pensée affectueuse à ceux d'en haut.

O Éditions
Pacifique Sud

PUBLICATIONS

- ***L'écrivain*** de Yannick Jan, 2016.
- ***Liens de sang*** de Yannick Jan, 2022.
- ***Le chemin des filets*** de Nicolas Vignoles, 2023.
- ***Moi, L'Auvergnate de Népoui*** de Ghislaine Nékiriaï, 2023.
- ***Sillages 2023*, « Je mange donc je suis »**, Revue littéraire de l'Association des Écrivains de Nouvelle-Calédonie, 2023.
- ***Marie-France Cubadda, Confidences d'une journaliste*** par Yannick Jan, 2024
- ***Parti Communiste Calédonien, 1941-1951,*** un récit poignant de Ismet Kurtovitch, 2024.
- ***Sillage 2024,* « Océans » »**, Revue littéraire de l'Association des Écrivains de Nouvelle-Calédonie, 2024.

Pour contacter O ÉDITIONS, Pacifique Sud
oeditions.nc@gmail.com

Pour contacter l'auteur :
yannick.jan687@gmail.com
www.yannickjan.com